民國文存

62

文壇印象記

黃人影　編

知識產權出版社

本書選取中、俄、英、德、美、日六國文壇中一些具有代表性的作家，如魯迅、郭沫若、周作人、張資平、郁達夫、葉紹鈞、高爾基、托爾斯泰、柴訶夫、蕭百訥、雷馬克、史密特萊、秋田雨雀、村山知義等共計十四位作家，從訪談、交往印象中凸顯其文學創作與個性特征，甚至生活中的點滴細節，使讀者能生動真切地感受到文人的魅力。

責任編輯： 羅　慧　　**責任校對：** 董志英　　**動態排版：** 賀　天

特約編輯： 吳小芳　　**責任出版：** 劉譯文

圖書在版編目（CIP）數據

文壇印象記/黃人影編. —北京：知識產權出版社，2014.7

（民國文存）

ISBN 978-7-5130-2819-6

Ⅰ.①文…　Ⅱ.①黃…　Ⅲ.①世界文學—文學評論—文集

Ⅳ.①I106—53

中國版本圖書館 CIP 數據核字（2014）第 147340 號

文壇印象記

Wentan Yinxiang Ji

黃人影 編

出版發行：知識產權出版社 有限責任公司

社　址：	北京市海澱區馬甸南村 1 號	郵　編：	100088
網　址：	http://www.ipph.cn	郵　箱：	bjb@cnipr.com
發行電話：	010-82000860 轉 8101/8102	傳　真：	010-82005070/82000893
責編電話：	010-82000860 轉 8345	責編郵箱：	luohui@cnipr.com
印　刷：	保定市中畫美凱印刷有限公司	經　銷：	新華書店及相關銷售網站
開　本：	720 mm×960mm　1/16	印　張：	8.5
版　次：	2014 年 7 月第一版	印　次：	2014 年 7 月第一次印刷
字　數：	101 千字	定　價：	30 .00 元

ISBN 978-7-5130-2819-6

民國文存

（第一輯）

出版前言

民國時期，社會動亂不息，內憂外患交加，但中國的學術界卻大放異彩，文人學者輩出，名著佳作迭現。在炮火連天的歲月，深受中國傳統文化浸潤的知識份子，承當著西方文化的衝擊，內心洋溢著對古今中外文化的熱愛，他們窮其一生，潛心研究，著書立說。歲月的流逝、現實的苦樂、深刻的思考、智慧的光芒均流淌於他們的字裡行間，也呈現於那些細緻翔實的圖表中。在書籍紛呈的今天，再次翻開他們的作品，我們仍能清晰地體悟到當年那些知識分子發自內心的真誠，蘊藏著對國家的憂慮，對知識的熱愛，對真理的追求，對人生幸福的嚮往。這些著作，可謂是中華歷史文化長河中的珍寶。

民國圖書，有不少在新中國成立前就經過了多次再版，備受時人稱道。許多觀點在近一百年後的今天，仍可說是真知灼見。眾作者在經、史、子、集諸方面的建樹成為中國學術研究的重要里程碑。蔡元培、章太炎、陳柱、呂思勉、謝無量、錢基博等人的學術研究今天仍為學者們津津樂道；魯迅、周作人、沈從文、丁玲、梁遇春、李健吾等人的文學創作以及傅抱石、豐子愷、徐悲鴻、陳從周等人的藝術創想，無一不是首屈一指的大家名作。然而這些凝結著汗水與心血的作品，有的已經罹於戰火，有的僅存數本，成為圖書館裡備受愛護的珍本，或成為古玩市場裡待價而沽的商品，讀者很少有隨手翻閱的機會。

鑑此，為整理保存中華民族文化瑰寶，本社從民國書海裡，精心挑出了一批集學術性與可讀性於一體的作品予以整理出版，以饗讀者。這些書，包括政治、經濟、法律、教育、文學、史學、哲學、藝術、科普、傳記十類，綜之為“民國文存”。每一類，首選大家名作，尤其是對一些自新中國成立以后沒有再版的名家著作投入了大量的精力，進行了整理。在版式方面有所權衡，基本採用化豎為橫、保持繁體的形式，標點符號則用現行的規範予以替換，一者考慮了民國繁體文字可以呈現當時的語言文字風貌，二者顧及今人從左至右的閱讀習慣，以方便讀者翻閱，使這些書能真正走入大眾。然而，由於所選書籍品種較多，涉及的學科頗為廣泛，限於編者的力量，不免有所脫誤遺漏及不妥當之處，望讀者予以指正。

目　錄

中國

魯迅先生

張定璜

（上）

朋友們時常談到寂寞，在像這樣的冬夜裏我也是深感寂寞的一人。我們常覺得缺少什麽似的，常感到一種未曾塡滿的空虛。我們也許是在心胸裏描寫着華麗的舞臺、美妙的音樂或新鮮的戲劇罷，眼前向我們躺着的呢，只是一條冰凍的道路；雖然路旁未必沒有幾株裸樹、幾個叫化子、幾堆拉圾或混着黄灰的殘雪，然而彀荒涼的了。還好，我們生來並不忒聰明也並不忒傻，我們有寳貴的常識，知道晝夜的循環，四時的交替。我們相信夜總有去的時候，春天終久必定來到，能彀相信便不壞，而況相信常識。不過常識間或也會惱人。譬如說，常識告訴我們這個夜是有盡的、這個冬不是永久的，這固然彀使得我們樂觀，但常識也告訴我們，夜究竟不及晝的和暖，冬究竟不如春的明媚。枯坐在這個冬夜裏的我們，對于未來假令有一番虔信，對于現在到底逃不掉失望。于是我們所可聊以自慰的便是作夢。我們夢到明日的花園，夢到理想的仙鄉，夢到許多好看、好聽、好吃、好穿的東西；有的夢到不老的少年，有的夢到長春的美女，有的夢到純眞的友誼，有的夢到不知道嫉妬的戀愛，有的夢到嶄新藝術的宮。作夢也是人們在這地上享受得到的有限的幸福之一，也有許多人是不能作夢的，多可憐！不過就令你能作夢，夢也有醒的時候。那時你擦擦眼睛，看看周圍。那時寂寞又從新爬到你心上來。

不過仔細想時，寂寞于我們並沒有什麼了不得的壞處也未可知。至少他總比喧噪強一點。華麗的舞台和美妙的音樂和新鮮的戲劇固然是你心願的。但與其鑑賞那些三不像的紅紅綠綠、中西雜羼的樓房，聽那些拉外國調兒的胡琴，或看那些男扮女裝忸怩作態的名角，一方面手巾把子在你頭上亂飛，瓜子花生的殼吐着滿地，叫好聲、呵欠聲、咿啞聲、噯喲聲接二連三的不絕，烟氣、汗腥氣、脂粉氣、土氣奏和成一股臭氣，與其如此，你寧肯一個人關在家裏守着你的寂寞。在那裏你得不着什麼，在這裏你至少是你自己。我知道二種人。一種是甘居寂寞的人，在他們裏面，寂寞已經失掉了我們普通所謂寂寞的意味。在我們以為是一塊沙漠的，在他們完全是一個世界。而且是多麼豐富的一個世界！那裏面有天國，有樂園，有全能的神，有姣好的仙女，有永久的眞和善和美。比起那個來，我們現在住的只是一堆糞土、一個肉屍，早晚得化散的東西。住在那裏面的人已經不知道了什麼是寂寞，因為他們已經知道了什麼是不寂寞。幸福的靈魂，世上幸而有你們這點兒點綴，不然，恐怕更沒趣的多了。還有一種人，他們不甘寂寞然而捨不了寂寞。他們呪罵人生而又眷戀人生，也許正是因為他們眷戀的太深了，所以不能免于呪罵罷。他們不能屏棄濁酒不喝，然而喝時他們總嚷着：“為什麼不給我們上好的花雕？”他們覺得他們的母親年老了，頭髮掉了，門牙落了，鼻涕口沫露出來了，衣服穿的不整齊乾净了，所以每逢到親朋來往時的前後，他們總得發一頓牢騷，吐幾口氣，然而其實他們的眞心愛他們的母親也許在一般所謂孝子之上。他們天天早晨起來不是抱怨風起的不好，就是嫌雨下的太少了，但到夜裏，他們依舊睡到各人自以為世界上頂不舒服的一張床上去。他們是眞正的母地的兒女。你們可別以為他們絕對不知道快樂。他們也有和前一種人一樣的快樂，他們也能作夢。剛纔我說過人們不是盡能作夢的，也許說的誇張了一點，因為我聽人說，大抵人的一生世裏夜間睡在床上時總能作幾個夢。不過白晝作夢或雖非白晝而張着眼睛作夢，這可眞少了。我們不鄙視夜間的夢，因為他往往是很美麗、很有趣的，我們不過想說白晝的夢或非白晝而張着眼睛作的夢往往更美麗、更有趣罷了。這樣的夢只有兩種人能作，只有甘于寂寞的人，或不甘于寂寞而偏捨不掉寂寞的能作。這樣的夢是寂寞的寧馨兒。

魯迅先生告訴我們，他“年青時候也曾經作過許多夢，後來大半忘却了，但自己並不以為可惜……但又偏苦于不能全忘卻，這不能全忘的一部份便成了他的吶喊的來由”。魯迅先生知道夢的可愛，而自己又作了許多可愛的夢，所以說話時免不掉帶一點謙虛，就譬如慈母在客人面前拍拍兒子的頭，罵兩聲“沒出息的東西”，因為捨不得教客人聽見她說“我的寶貝”；魯迅先生不但年青時候作過夢，現在還能作夢，而且我們希望他將來還會多多作夢。他是我們裏面少有的一個白晝作夢、張眼作夢的人。他小時便是寂寞的伴侶；錯了，他是寂寞撫養大的。我們不須親身跟隨他去“出入于質鋪和藥店裏”，去學海軍，去到日本學醫，我們只須讀一遍他那篇簡潔的自傳體的序文就可以想出他青年時代處的是怎樣一個境遇。總之魯迅先生飽嘗過寂寞的滋味，雖然他並不是甘于寂寞的人。他說：“凡有一人的主張，得了贊和，是促其前進的，得了反對，是促其奮鬥的，獨有叫喊于生人中，而生人並無反應，既非贊和，也無反對，如置身毫無邊際的荒原，無可措手的了，這是怎樣的悲哀呵，我於是以我所感到者為寂寞。”他是不甘寂寞的，因為這不太像甘于寂寞的人說話。然而逃不掉寂寞，他於是作了許多夢，白晝的夢，張開眼作的夢。這些夢不打緊工夫就織成了《狂人日記》以下總共十五篇的短篇小說的《吶喊》。

但諸君有讀過《雙枰記》《絳紗記》和《焚劍記》的麼？無端提起這話來，或有人不以為然。但我以為他們值得沒讀過來的人的一讀。小時侯讀小說是家庭裏嚴厲禁止的，我雖然偷偷縮縮的讀過一點，然而也就有限的很了。前回我聽見西瀅先生說吳趼人是近代中國的一個好小說家，我很相信他的話，因為少讀書的我，近人的東西《紅樓夢》而外，只忘不了《恨海》。《恨海》的記憶至今還是新的，我為他哭了幾遍。待到黑幕派流行時我也離開中國了。一天我偶然間發見了《雙枰記》，其次《絳紗記》，又其次《焚劍記》，我才想到了，元來中國還有人在那裏作小說，如今看起來，我們所誇耀的“白話的文學和文學的白話”時代以前的東西在形式上也許不惹人愛。不過我喜歡他們的眞切，沒閒工夫再去責備他們的不時新。我最感到趣味的是他們的作家寫東西時都牢記着他們的自己，都是為他們自己而寫東西，所以你讀一篇作品，你同時認出一個人。我知道世上也有Shakespeare、Palzac、曹雪芹——也許沒有這麼一個姓曹的罷，但那是考證家的事——等等，能轂造出整個兒的宇宙的人們，我也佩服他們的偉大，但我依舊以為普通個人所住的一間屋子是不會大到無限的，而那個人關于那牆壁以內一切事物的知識是比較關于那牆壁以外的更親切而有味的。因此，我覺得“凡是一個人，他至少能寫一個故事”這句話如果有語病，那語病大概不在“能”字而在“少”字。假使個個人能寫出許多許多的故事來，那應該多麼好，應該要增加多少人間的寶庫！可惜的是事實上我們的大多數終生連一個故事也不寫，那些寫的又大多數是至“多”只能寫一個故事——他們自己的故事——的人。他們未嘗不寫一個以上的故事，但我們要知道那時候，譬如魯迅先生寫《不周山》的時候，我們的作家已經不在那間坐臥飲食的屋子裏了，已經出外玩游去了。玩游回來，他自然告訴我們異地的風光、他鄉的景色，然而我們覺得那總不及他說他自己那個小——你真當作他小麼？——世界裏的事情時，說的親切而有味。美好的故事都是親切而有味的故事，都是作家的自己的故事。《雙枰記》和另外兩篇是如此，《狂人日記》到《社戲》的十四篇也是如此。

這樣說並不是說他們是一個東西。我若把《雙枰記》和《狂人日記》擺在一塊兒了，那是因為第一，我覺得前者是親切而有味的一點小東西；第二，這樣可以使我更加了解《吶喊》的地位。《雙枰記》等載在甲寅上是一九一四年的事情，《新青年》發表《狂人日記》在一九一八年，中間不過四年的光陰，然而他們彼此去多麼遠。兩種的語言，兩樣的感情，兩個不同的世界！在《雙枰記》《絳紗記》和《焚劍記》裏面我們保存着我們最後的舊體的作風，最後的文言小說，最後的才子佳人的幻影，最後的浪漫的情波，最後的中國人祖先傳來的人生觀。讀了他們我們再讀《狂人日記》時，我們就譬如從薄暗的古廟的燈明底下驟然間走到夏日的炎光裏來，我們由中世紀跨進了現代。

（下）

魯迅先生站在路旁邊，看見我們男男女女在大街上來去，高的矮的、老的小的、肥的瘦的、笑的哭的，一大羣在那裏蠢動。從我們的眼睛、面貌、舉動上，從我們的全身上，他看出我們的冥頑、卑劣、醜惡和飢餓。飢餓！在他面前經過的有一個不是餓得荒的人麼？任憑你拉着他的手，給他說你正在救國，或正在向民衆去，或正在鼓吹男女平權，或正在提倡人道主義，或正在作這樣、作那樣，你就說了半天也白費。他不信你。他至少是不理你，至多，從他那枝小烟捲兒的後面他冷靜地朝着你的左腹部望你一眼，也懶得告訴你他是學過醫的，而且知道你的也是和一般人的一樣，胃病。魯迅先生的醫究竟學到了怎樣一個境地，曾經進過解剖室沒有，我們不得而知，但我們知道他有三個特色，那也是老于手術富于經驗的醫生的特色，第一個，冷靜；第二個，還是冷靜；第三個，還是冷靜。你別想去恐嚇他，矇蔽他。不等到你開嘴說話，他的尖銳的眼光已經教你明白了他知道你也許比你自己知道的還更清楚。他知道怎麼樣去抹殺那表面的、微細的，怎麼樣去檢查那根本的、扼要的，你穿的是什麼衣服，擺的是那一種架子，說的什麼口腔，這些他都管不着，他只要看你這個赤裸裸的人，他要看，他于是乎看了，雖然你會打扮的漂亮時新的，包扎的緊緊貼貼的，雖然你主張紳士的體面或女性的尊嚴，這樣，用這種大膽的強硬的甚而至于殘忍的態度，他在我們裏面看見趙家的狗、趙貴翁的眼色，看見說“咬你幾口”的女人，看見青面獠牙的笑，看見孔乙已的竊偷，看見老栓買紅饅頭給小栓治病，看見紅鼻子老拱和藍皮阿五，看見九斤老太、七斤、七斤嫂、六斤等的一家，看見阿Q的鎗斃——一句話，看見一羣在飢餓裏逃生的中國人。曾經有過這樣老實不客氣的剝脫麼？曾經存在過這樣沈默的旁觀者麼？《水滸》若教你笑，《紅樓夢》若教你哭，《儒林外史》之流若教你打呵欠，我說《吶喊》便教你哭笑不得，身子不能動彈。平常愛讀美滿的團圞，或驚奇的冒險，或英雄的偉蹟的，誰也不會願意讀《吶喊》。那裏面有的只是些極其普通極其平凡的人，你天天在屋子裏、在街上遇見的人，你的親戚，你的朋友，你自己。《吶喊》裏面沒有像電影樣面似的使你焦躁、使你亢奮的光景，因為你的日常生活裏面就沒有那樣光景。魯鎮只是中國鄉間、隨便我們走到那裏去都遇得見的一個鎮，鎮上的生活也是我們從鄉間來的人兒時所習見的生活。在這個習見的世界裏，在這些熟識的人們裏，要找出驚天動地的事情來是很難的，找來找去不過是孔乙己偷東西給人家打斷了腿、單四嫂子死了兒子、七斤後悔自己的辮子沒有了一類的話罷了，至少也不過是阿 Q 的鎗斃罷了。然而魯迅先生告訴我們，偏是這些極其普通、極其平凡的人事裏含有一切的永久的悲哀。魯迅先生並沒有把這個明明白白地寫出來告訴我們，他不是那種人。但這個悲哀畢竟在那裏，我們都感覺到他。我們無法拒絕他。他已經不是那可歌可泣的青年時代的感傷的奔放，乃是舟子在人生的航海裏飽嘗了憂患之後的嘆息，發出來非常之微，同時發出來的地方非常之深。

魯迅先生的《吶喊》將來在中國文學史上會給他怎樣一個位置，我們無從知道，也毋須知道。時光自然會把這個告訴比我們後來的人。目下我們喜歡知道而且能彀知道的大概有兩件事。

第一，魯迅先生是一個藝術家，是一個有良心的；那就是說，忠于他的表現的、忠于他自己的藝術家。無論什麼時候、什麼地方，他決不忘記他對于他自己的誠實。他看見什麼，他描寫什麼。他把他自己的世界展開給我們，不粉飾，也不遮蓋。那是他最熟識的世界，也是我們最生疎的世界，我們天天過活，自以為耳目聰明。其實多半是聾子兼瞎子，我們視而不見，聽而不聞。且不說別的，我們先就不認識我們自己，待到逢見少數的人們，能够認識自己，能夠辨認自己所住的世界，並且能够把那世界再現出來的人們，我們才對于從來漠不關心的事物從新感到小孩子的驚奇，我們才明白許多不值一計較的小東西都包含着可怕的複雜的意味，我們才想到人生、命運、死，以及一切的悲哀。魯迅先生便是這些少數人們裏面的一個，他嫌惡中國人，罵咒中國人，然而他自己是一個純粹的中國人，他的作品滿薰着中國的土氣，他可以說是眼前我們唯一的鄉土藝術家，他畢竟是中國的兒子，畢竟忘不掉中國，我們若怪他的嫌惡咒罵不好，我們得首先怪我們自己不好，因為他想誇耀、想讚美而不得，他才想到了這個打掃厠所的辦法。讓我們別厭煩他的囉嗦，但感謝他的勤勉罷。至于他的諷刺呢，我以為諷刺家和理想家元來是一個東西的表裏兩面。我們不必管諷刺的難受不難受，或對不對，只問諷刺的好不好，就是說美不美。我不敢說魯迅先生的諷刺全是美的，我敢說他的大都是美的。他知道怎樣去用適當的文字傳遞適當的情思，不冗長，不散漫，不過火，有許多人費盡苦心去講求塗刷顏色的，結果不是給我們一塊畫家的調色板便是一張戲場門前的廣告單。我們覺得他離奇光怪，再沒什麼。讀《吶喊》，讀那篇那裏面最可愛的小東西孔乙己，我們看不見調色板上的糊塗和廣告軍上的醜陋，我們只感到一個乾淨。《吶喊》的作風所以產生了許多摹仿大概就是因為這個緣故。單在這個意義上，魯迅先生也是新文學的第一個開拓者。事實是在一切意義上他是文學革命後我們所得到了的第一個作家。是他在中國文學史上用實力給我們劃了一個新時代，雖然他并沒有高唱文學革命論。

關于第二件，用得着說的話不很多。魯迅先生給了我們好些東西，自然也要有好些東西是魯迅先生沒給，因為不能給我們的。在我個人呢，他給了我的已經是够我喜歡了。我們慾望太大，我們的努力太小。我們往往容易忘記自己的微弱，而責備別人為什麼不是李杜再世，什麼沒有“莎翁”和“但老”的偉大。偉大不是會從天空掉下來或地上長出來的東西。也許五十年或百年以後我們的文學史上會另有一個花期，像唐代的或蓋過唐代的花期罷，不過想說這句話先得作一個預言家，而我又不是一個預言家。我只以為偉大的時代或偉大的作品是只有誠實可以產生出來的，但我們現在的時代，我們現在的生活，我們現在的文壇——假使我們眞有一個文壇——什麼都齊備了，偏偏缺少誠實。我們的華屋建築在沙上，我們在那上面想創造我們的偉大！魯迅先生不是和我們所理想的偉大一般偉大的作家，他自己也知道自己的狹窄。然而他有的正是我們沒有的，我們所缺少的誠實。我們還說他給少了麼？假使我們覺得《吶喊》的作家沒有十分的情熱，沒有瑰奇的想像，沒有多方面的經驗，我們應該想到，雖然如此，他究竟是自然，是眞切，他究竟沒打算給我們備辦些紙扎的美人或溫室裏烘出來的盆景。別的人怎麼看，怎麼感想，他不過問；他只把他所看的所感想的忠實地寫出來，這便是他使我們忘不掉的地方。《吶喊》裏面有兩篇近于自傳的東西，寫出作家兒時生活的片斷給我們看的，格外引起我們一種親密的感情。一篇是《故鄉》，另外一篇是《社戲》。《社戲》並且是一篇極好的、魯迅先生所不大寫的紀行文。我不愛《不周山》，因為我不懂他。其餘雖短短的好像不成片段的《鴨的戲劇》，我也讀得有趣，因為從那裏面我可以知道魯迅先生，可以知道他所看的，所感受的東西。

有人說《吶喊》的作家的看法帶點病態，所以他看的人生也帶點病態，其實實在的人生並不如此。我以為這個問題犯不着我們去計較。我記得 Anatole France 說過大致這樣的一個故事，現在聯想他，就把他寫在這裏罷。

一天有一面平鏡在公園裏遇見了一面凸鏡。他說：“我看你眞沒出息，把自然表顯成你那種樣子。你准是瘋了罷，不然你就不會給個個人物一個大肚子、一個小頭和一對小脚，把直綫變成曲綫。”

“你才把自然弄得歪東倒西呢”，凸鏡冷酷的回答，“你的平面把樹木們弄直了，就以為他們眞是直的，你把你外面的件件東西看作平的和你裏面的一樣。樹幹子們是曲的。這是眞話。你不過是一面騙人的鏡子罷了。”

“我誰也不騙”，那個說，“你，老凸，倒把人們東西們弄得怪形怪狀的。”

兩下打架漸漸打得熱鬧起來了，剛好旁邊過來了一位數學家，據說就是那位鼎鼎大名的 d’Al-embart。

“我的朋友們，你們倆都對了也都錯了”，他對那鏡子們說，“你們倆都依着光學的法則去照東西。你們所容受的人物，兩下都有幾何學的正確。他們兩下都是完好的。如果再來一面凹鏡，他必定會現出第三個照像來。和你們的很不同，但一樣是完好的。說到自然她本身呢，她的眞的形相誰也不知道，並且她除開照在鏡子們裏面之外或者竟沒有什麼形相也未可知。所以我勸先生們別因為彼此對於外物所得的照像不一樣就彼此作瘋子罷”。

一九二五年一月，《現代評論》所載

訪魯迅先生

——斷片的回憶——

曙天女士

孫老頭兒是一個很有趣味的人，我和S哥都喜歡同他玩。

人們都說孫老頭兒是日本人，因為他是一個矮子，而且臉上養了東洋式的鬍鬚。當他在戲園裏看戲的時候，茶房們對他囉嗦，他置之不答，於是茶房們便說：“呵，日本人是很難說話的！”

眞的，孫老頭兒活像個日本人！

S哥是很好喫的，我替他取了一個綽號，叫做“喫精”。他最喜歡上館子。

然而孫老頭兒的好喫，大約不亞於S哥罷，因為S哥要上館，孫老頭兒總是贊成的。

那天，是深秋的一個正午，他們倆兒又要上館去了，我也只好同去。

大家都喫飽了以後，便照例要想玩了。

“到那裏玩去？”S哥問。

“訪魯迅先生去！”孫老頭兒說。

“好的！”我贊成地說。

我的腦中開始想像我理想中的魯迅先生了。我讀過他的《吶喊》，而且讀過不止一次。我想像中的魯迅先生大約是很沉悶而勇猛的罷。我覺得《吶喊》的味辣而苦的，然而我不知道為了什麼愛讀他。

在一個很僻靜的胡同裏我們到了魯迅先生之居了。我們敲門，便有人來開，孫老頭兒先進去報告了。我和S哥站在院裏；院裏有一棵棗樹，是落了葉子的。

房門開了，出來一個比孫老頭兒更老的老年人，然而大約也不過五十歲左右罷，黃瘦的臉龐，短鬍子，然而舉止很有神，我知道這就是魯迅先生。

我們都走進魯迅先生的臥房了。

這是一間並不寬大的臥房，房門的右邊，擺了一個書架，然而書架上的書籍並不多。接着是一桌子，這就是《吶喊》的作者的著書桌罷。桌的旁邊接着擺了一隻箱子。箱子上也雜亂地堆了些書籍，臥牀是靠着房的後牆的，這是很簡單的臥牀罷，因為是用兩隻板凳和木板搭成的。

我和S哥坐在房的左邊的椅子上，孫老頭兒坐在牀上。

我開始知道魯迅先生是愛說笑話了，我訪過魯迅先生的令弟啓明先生，啓明先生也是愛說笑話的。然而魯迅先生說笑話時他自己並不笑，啟明先生說笑話時他自己也笑，這是他們哥兒倆說笑話的分別。

魯迅先生端出一匣餅干來了。

“剛纔喫過飯。”我說。

“喫過飯便不能喫餅干麼？”魯迅先生說。然而孫老頭兒與S哥已經開始大嚼了。

因為知道我是喜歡繪畫的緣故，魯迅先生找出一册册的德國名畫來。

我不懂德文，所以只能看畫。

然而畫上有蛇，我怕蛇，連畫上的蛇也怕看。

“繪畫的人是不能怕蛇的!”魯迅先生說。

我羞慚而微笑了。

魯迅先生對於歐洲名畫大約看得很多的。他說繪畫的Design很要緊。然而中國的繪畫者大都對於Design不下工夫!

大家亂七八糟的談了半天。我只深刻地記得魯迅先生的話很多令人發笑的。然而魯迅先生並不笑。可惜我不能將魯迅先生的笑話寫了出來。愛聽笑話的人，最好親自到魯迅先生那裏去聽。

一九二五年一月,《京報·副刊》所載

魯迅先生

尚鉞

人無聊到連無聊都失掉了滋味的時候，那便連幻想也失了牠的迷惑、引誘的作用了。這時的人，除了在路上走着的之外，便只有睡那不成夢的覺，在他的不能入夢的睡裏，去找些往事來發煩。在這些往事中，只是往事，也許有些使他更為發煩的夢的存在。在這時候，他拿着往事，來說明今事，來預言未來的事。假若他是一個有靈魂的人，那他的使他更為發煩的往事的夢，也便藏着時代的靈魂而成為現在夢。然而這夢又是剎那間，極迅速的剎那間的浮現物。這時，他要是沒有能力或只是真的去睡，或在路上走着的時候，那便不用說了。若他的環境和能力能使他在煩惱的忙中靜下來，坐在一個空洞的地方，那便要成為夢了，有靈魂的夢。因為牠是有作者的靈魄和時代精神的說明和預言。

這種有作者的靈魂和時代精神的說明和預言的夢裏，對於一部分人，有靈魂的人，他能將以他——作者——的同情給與。他們——有靈魂的人——同時也在他的給與的同情中發現安慰。然而同時，他——作者——又對於那一般沒有靈魂的人，沉溺於虛榮、驕傲、勢利忙殺、欺騙忙殺的人們或批評家，一定要得着極端的反感：因為他的夢的說明或預言中有一種能在他們的極端願意的迷睡的靈魂上，給與以刺激的不安。換一句話說：就是他能在他們的隱微中，掘出了他們極想蘊藏的卑劣的根底來。這就是擺倫，斯維夫特之所以不見容於他們本國的原因與一般通俗的唯美派詩人或藝術家之所以到處受人歡迎的原因。這也就是我國的魯迅先生之所以一再做"碰壁"的原因。

"有誰從小康人家而墜入困頓的麼，我以為在這路塗中，大概可以看見世人的眞面目……"（見《吶喊》自序）

這上邊一段，大約是魯迅先生的"我在年青的時候也曾做過許多夢"的夢的根底吧？這也就是，我想着，使他到現在更為發煩的往事的夢；也就是他"感到未嘗經驗的無聊"的"叫喊於生人中，而生人並無反應……如置身毫無邊際的荒原，無可措手……"的現在"寂寞"的根底吧？

魯迅先生在這樣的煩惱中，失望中，寂寞中，他的能力使他坐下了，他在這荒原中坐下了，他的被寂寞的大蛇纏住的靈魂，便要在他的有時代精神的夢裏出現了。

他的老朋友金心異來了。他的"在於將來"的希望，使他來寫文章，使他來做那破毀那"絕無窗戶而萬難破毀的"鐵屋子的吶喊的工作。《新青年》（非今日的《新青年》）出世了。《吶喊》出世了。而他的《藥》裏瑜兒墳上的花環，《明天》裏單四嫂子沒有做不看見兒子的夢的夢；那時的青年雖沒有被傳染了他的寂寞，但到現在却已經長老。而魯迅先生的寂寞，還依然寂寞着，不亞於在沙漠裏。恐怕魯迅先生的"在於將來"的夢，現在還是"在於將來"吧！因為在這個荒原裏，現在我覺着，連"寂寞"也快被磨擦消滅了；而同時隨着寂寞成反比例而生的只有沉溺於虛榮、驕傲、勢利忙殺、欺騙忙殺的沒有靈魂的東西。

“絕無窗戶而萬難破壞”的鐵屋子裏邊的熟睡的人們，已經都“從昏睡入死滅”了，所餘者只有未毀滅的死肉。魯迅先生的碰壁，恐怕也只有碰壁下去。因為碰壁便是今日有靈魂的人們必要的工作。

一九二五年十月，《京報·副刊》所載

初次見魯迅先生

馬珏

我從前不愛看小說，有時跟同學在一塊，他們老看，我呆着，也太沒意思，所以也就拿一本看看；看看，倒也看慣了，就時常的看。

在所看的這些小說裏，最愛看的，就是魯迅先生所作的了。我看了他的作品裏面，有許多都是跟小孩說話一樣，很痛快，一點也不客氣；不是像別人，說一句話，還要想半天，看說的好不好，對得起人或者對不起人。魯迅先生就不是，你不好，他就用筆墨來痛罵你一場，所以看了很舒服，雖然他的作品裏面有許多的意思，我看不懂；但是在字的浮面看了，已是很知足的了。

但是魯迅這人，我是沒有看見過的，也不知道他是個什麼樣子，在我想來，大概同小孩差不多，一定是很愛同小孩在一起的。不過我又聽說他是老頭兒，很大年紀的。愛漂亮嗎？大概許愛漂亮，穿西裝罷。一定拿着 Stick，走起來，棒頭一戮一戮的。分頭罷？却不一定；但是要穿西服，當然是分頭了。我想他一定是這麼一個人，不會錯的，雖然他也到我們家來過好幾次，可是我都沒有看見他。

有一天，我從學校裏回來。聽見父親書房裏有人說話似的，我問趙增道："書房有什麼客？""周先生來了一會了。"我很疑惑的問道："周先生，那個周先生？""我也說不清！"我從玻璃窗外一看，只見一個瘦瘦的人，臉也不漂亮，不是分頭，也不是平頭。我也不管是什麼客人，見見也不妨，於是我就進去了。

見了，就行了一個禮，父親在旁邊說："這就是你平常說的魯迅先生。"這時魯迅先生也點了點頭，看他穿了一件灰青長衫，一雙破皮鞋，又老又呆板，並不同小孩一樣，我覺得很奇怪。魯迅先生我倒想不到是這麼一個不愛收拾的人！他手裏老拿着煙捲，好像腦筋裏時時刻刻在那兒想什麼似的。

我呆了一回，就出來了；父親叫我拿點兒點心來，我就拿碟子裝了兩盤掌了去，又在那兒呆着。我心裏不住的想，總不以他是魯迅，因為腦筋已經存了魯迅是一個小孩似的老頭兒，現在看了他竟是一個老頭似的老頭兒，所以不很相信。這時也不知是怎麼一回事，只看着他吃東西，看來牙也是不受什麼使換的，嚼起來是很費力的。

後來看得不耐煩了，就想出去，因為一個人立着太沒意思；但是剛要走，魯迅先生忽然問我道："你要看什麼書嗎？《桃色的雲》你看過沒有？這本書遠不錯！"我搖了搖頭，很輕的說了一句"沒有"。他說："現在外面不多了，恐怕沒處買，我那兒還有一本，你要，可以拿來。"我也沒響。這麼一來，又罰了我半天站，因為不好就走開。但是我呆着沒話說，總是沒有意思，就悄悄走出來了。看見衣架上掛了一頂氈帽，灰色的，那帶子上有一絲一絲的，因為掛得高，看了不知是什麼，ㄉㄧㄎ起脚來一看，原來是破的一絲一絲的。

自鳴鐘打了五點了，魯迅先生還沒有走的信息。我就只等着送，因為父親曾對我說過，我見過的客，送時總要跟在父親的後頭送的，所以老等着，不敢走開。

噹！噹！……打了六下了，還是不走，不走到沒什麼關係，叫我這麼呆等啊，可眞有點麻煩。玩去，管他呢，不送也不要緊的！不行呀，等客走了，又該說我了，等着罷！

“老爺，車雇好了。”趙增進來說。我父親應了一聲，這時聽見椅子響，皮鞋響，知道是要走了，於是我就到院子裏來候着。一會兒，果然出來了，父親對我說：“送送魯迅先生呀！”魯迅又問我父親說：“他在孔德幾年級？”我父親答了，他拿着煙捲點了點頭。我在後頭跟着送，看見魯迅先生的破皮鞋格格的響着，一會回過頭來說：“那本書，有空叫人給你拿來呀！”我應了一聲，好像不好意思似的。一會送到大門口了，雙方點了一點頭，就走了。我轉回頭來暗暗的想：“魯迅先生就是這麼一個樣兒的人呵！”

一九二六年三月，《孔德學校旬刊》所載

郭沫若印象記

美蒂

見到沫若，的確是出乎我意外的事。到東京後，雖然有兩個朋友告訴我他的通信處，並說他也許希望和我見面，但我從另方面得知他不自由的消息，我知道要見他是不可能的，因此我沒有寫信給他，更沒有想和他見面的希望；但為了東京一個文藝團體成立的原故，想徵求他的意見以及對于工作方針的指示，因此我寫封信去報告了他簡單的情形，第二天就接到了他的回信，很圓滿地答覆了我問的幾個問題，末了出乎我意外的，是他說過幾天或許來東京看我，我想難道他最近的環境好了嗎？恐怕未必吧？我大胆地寄給他一張東西，他來信要我畫個下車後去東中野找我的地圖，並說也許星期六來看我，但同時又說他的脚爛了，不能走動，我覺得他這話有點矛盾，但接信的日子距星期六還有二天，我想那時也許好了吧。

星期六（十一月六日）終于來到了，上午下着微微的雨，我是最不愛打傘的，只得和竹共一把傘去上課。下課後正想回宿舍時，盧君忽然跑來邀我去看藤枝丈夫，我心裏雖然想到沫若的來不去藤枝那里，但盧君堅持着要去，我只好對竹說如果沫若來時請他等我，或者告訴我他在什麽地方，我去找他。幸而好，因為我們去吃麵躭誤[1]了

[1] “躭誤”同“耽誤”。——編者註

半點多鐘，藤枝已有事外出了，我于是在盧處因事停留了半小時後，就忙着跑回來，誰知剛到家沫若就來了。

聽到叫我會客的聲音的時候，我就知道是他來了，可是奇怪，我走出一看大大地駭了一跳，“這那里是老郭呢？”我懷疑着，我不知要說什麼好。

“呵，請進來吧。”我囁嚅着吐出不自然的聲音。

“你的地圖畫錯了，你寫的大道，害得我跑到東中野的西邊去了。”

不是他說這一句話，我眞要開口問他貴姓了。

“呵，眞對不起，我對于繪圖太不熟習了。”其實他要是知道我為了那個圖請了兩位同學畫的事，一定更要好笑。

“你胖了，所以我不認識你了。”我笑着說。

“不但胖了一點，而且也白了，這是因為沒有做事的原故。”他一面說着，一面隨我走進了客廳。

坐下來後，眞不知從那里談起，兩人都只笑着，却又不是大笑。

“來東京多久了？”倒是他先問我，我回答了之後，又是沉默地互相對着。

“脚好了沒有？”

“今天好了。”

“我們有幾年不見面了？”我忽然提起了這句。

“五年了。”他答了之後又用手數着，口裏唸着九二七一九等字。

“還記得嗎？在武漢時你站在閱馬廠的講演台上，激昂慷慨地演講，我穿着一身軍服完全像個小兵站在講台的面前，末了揚着手高呼口號，多麼雄壯呵！而現在是解除武裝的小百姓了，哈哈！”

“我還不是一樣嗎？來到東京後，半點也不自由。整天被警察看守着，回想那時來，眞像住在兩個世界裏一般。”

隨即我們談到了現在國內革命思潮的高漲、革命勢力的擴大，他立刻告訴我一個很痛快的消息，我們都同時說着："革命已到了新的階段了。"

他完全不知道國內的情形，甚至還在問："茅盾是否來東京了？"我告訴了他關于上海及北平一切的文化運動狀況，他高興得幾乎說不出話來。但是不幸他的右耳朵壞了，完全聽不見我說話的聲音，左耳也要大聲說才能聽到。我雖是個大嗓子，完全像個粗魯男子的聲音，可是有時也許因我說得太快的原故，他聽不清楚，因此他要求我慢慢地說，大一點聲音，並告訴我他耳朵從什麼時候起聾了，以及感受到困苦的許多事。

談完了他要知道的一切情形後，我問起他的生活狀況來。這時他只是不住地搖頭，"沒有辦法，簡直沒有辦法！"的說着。

"怎麼你沒有稿費嗎？"我用驚訝的語氣問他。

"稿費當然有，只是拿不到。"

"為什麼不去信要呢？"

"他不給你，有什麼辦法？"

"也許有人代你領了吧？"

我不知怎麼忽然說出了這句。

"有些是被朋友代領了，但他們不寄錢來，也不告訴我。"

"那太不對了！"

"不！我是素來對于一切不分彼此的，有錢大家用，沒有什麼你我之分，不過在書局拿了多少用了應該通知我，使我好找他們算帳。"

他這些說話，似乎在駁我的"太不對"三個字，其實我也不過隨口說出而已，並沒有別的意思。

他更詳細地告訴了我他生活的苦況，四個孩子，大的進中學讀書，連自己和夫人六口人吃飯，每月至多化一百元日金，自然一家人的一切費用都在內。

“那怎麽够呢？”我有些替他着急了，好像幾個人要找我要飯吃似的害怕起來。

“這還是很高的用數，其實每月那里有這多錢呢。”

“請了下女嗎？”

“下女就是我的夫人。”

他嗤的一聲笑了，這使我特別感到不安，我太不行了，為什麽聽了他那樣的話還問下女的話呢？我難受，心裏在打自己的嘴巴。

“對不起，我剛才只顧到孩子們需要人看管，而在那一刹那間完全忘記了經濟問題。”

“已經到了再不能節省的地步了，我完全把生活降到了最低限度，最低限度……”

原來他沒有注意我說對不起他的解釋，而仍舊繼續着談生活困苦的話。

這時我們又靜默了幾分鐘，在這短短的靜默時間裏，我想像出他家裏的困苦情形：吃飯時沒有菜，天冷時沒有衣穿、沒有錢買炭，沒有錢買糖果給孩子們吃、買玩具給孩子玩，不能送他們上學，生活逼迫着他，使他不能創作，環境壓迫他使他不能活動……總之，一切苦痛的影子，都在我的腦海裏繪成了一幅悲慘憤慨的畫圖。我想到國內的作家總不會像他一樣窮困吧？因為有著作出版的，無論如何他自己跑到書局去總可以拿到幾個錢，而且我聽說無論是男作家、女作家，如果有家庭、有孩子的，總是要僱娘姨，一般人總不至想到沫若連飯都沒有得吃。還有人以為他寫了許多文章，翻譯了許多書，拿到一大批袁頭、中山頭，存在銀行裏，誰想到他是如此地在過着最下層的窮困生活呢？而且據他說這最下層的生活馬上就不能繼續了！

“那麼怎麼辦呢？對于以後的生活有沒有什麼計劃？”

我提出這問題來，的確又是個“愚問”。

“那有什麼計劃？今天就不知明天怎樣？莫說將來，就是目前——這一個月都沒有辦法。”

這簡直到了山窮水盡的時候了，天呵！

“快寫信到上海去吧！”

除了這句話，我再沒有話可說了。

“那有什麼用處？他們不會為你付錢來。”

我只是唉了一聲，沒有說半句話。

照例在這里招待客，我是不倒茶的，因為他們有什麼事說完就走了，沒有像我們今天這樣久的，為了怕他口渴，我去買了一個梨子來連我桌上的一個一起削好了給他吃，也不知是什麼原故，他一點都不吃。

忽然下起大雨來了，他急的了不得，因為不早回去，警察要是去他家裏巡查，沒有見到他是不好的，因此他急于要走，但我告訴他快吃飯了，他堅持着不吃，我告訴了他可以吃飯，而且和他談談幾個實際的問題，並告訴了他從一九二七到一九三一的現在，青年為了看沫若的書而被殺頭或者被監禁的不知有多少。

“眞有這回事嗎？”他像不相信的樣子問我。

“當然有這樣的事，而且我曾親眼看到在長沙為了一部《橄欖》，殺掉了一個十八九歲的青年；至于為《新時代》，《社會組織與社會革命》（兩部皆郭譯——作者）及其他著作等被殺的也不知有多少。”

“唉！眞有這樣的事！”

他搖着頭，表示着極憤慨極哀痛的樣子。

“因此”，我繼續着說，“凡是書架上擺着有《瓶》,《落葉》的都把牠燒掉了。”

聽到這裏他大笑了起來，自然這是值得好笑的事，檢查的人不看書的內容，只看人的名字，這樣描寫愛情的書也會是宣傳×化，未免太冤枉這兩部寫情作品了。

“到了現在，國內簡直拿你的作品來測量一般青年們的思想，凡是喜歡讀你的譯作的，他的思想大半很好。”我接着告訴了他我在北平教課時給中學生的測驗，都是回答中國的文學家當中最佩服的是沫若，而《文藝新聞》和《讀書月刊》調查讀者的結果，也是和上面的一樣，由此可知青年們受你的影響實在不少。”

“唉！我害了不知多少的青年，我眞該死！”他很傷心的感嘆地說。

“這也是時代的關係，你的作品固然害了青年，但同時也救了青年。你想為什麼他們都異口同聲的說你的作品好呢？”

“也許是他們商量好了，或者故意如此說的。”他用開玩笑的語氣和我說。

談到了他的本身問題，我是贊成他回國，因為國內很需要人材，而且他又是能在羣衆中起核心作用的一個，但同時我告訴了他：“國內的環境，絕對不像這裏一樣，這裏的帝國主義，還帶着以法治國的假面具，只派警察守在你的門口，不許你出外活動，假若在國內，那恐怕……但是只要留心，也沒有什麼。”他也說，現在過這種生活是最痛苦的，當然想回去幹，可是要走，那里來的那多錢？而且回國去一家人的生活又將怎麼辦？

“考慮一下，生活有了相當的辦法後再說吧。”我明知這話說出來等於廢話，但只好這樣說。

“有什麼辦法？”

聽了他這話，我不想再繼續談到生活兩個字了，的確，在現在的社會裏，我們只有死的自由，沒有生的可能。我忽而將談話轉到了他的創作，我老實不客氣的批評他的《我的幼年》，反正前後不如其他的作品寫得好，更趕不上譯的幾部。

“那是為賣錢而匆忙地寫成的，當然談不上好。”

話談的太多，似乎有換一換空氣的必要，于是我拿了《文新》給他看，並告訴他我還有些刊物只是被友人拿走了。但我告訴了他許多消息，這些是他未曾聽過而使他快樂的消息。

他也問到我離武漢後的生活經過，我用很經濟的方法，在最短的十分鍾內全部說完了，他有點驚訝，他說我雖然解除武裝了，但精神比以前還好。我自己也相信我現在做的事，並不比那時少，而且有時還要多。

飯鈴響了，我領他走進了食堂，我向廚房交涉，要他添一碗肉絲炒蛋。素來廚房是只有白菜和雞蛋的，今天居然還存着一點點肉，不可不謂是客人的口福了。

“對不起，請用點便飯吧。”我以主人對付客人的態度向他說。

“呵，你還講那些客氣嗎？”他笑了。

看到廚房送菜來時，他用驚訝的眼光望了我一眼。

“怎麼？你還把我當生客看待嗎？我們只要有碗飯吃，還管什麼菜？”

“不！這菜太不好吃了，所以我添了一盆雞蛋。”

“也許是我初來吧，其實這菜已經很好了。”

由此我又聯想到了他家庭的苦況，這樣的菜，我們都說不好吃，僅僅花了十多塊錢一月，而他竟津津有味的吃着，可見他眞是經過艱難困苦來的，在吃飯中才聽到外面的雨像傾盆一般在下着。

“今天是雨天，為什麼你來了呢？”

“為了怕你等，所以我冒雨來了，其實起初是沒有想到會下這大的雨的。”

吃完飯後，又坐了一刻鐘，我問起他為什麼不創作也不翻譯了？他說寫了沒有地方印（自然是指書局不敢要他的文章），某大書局都將他的名字改了，譯的像《煤油》也被禁止了，還怎樣地去創作翻譯呢？

他最後告訴我現在正在翻譯一部 *The life of science*，這是對于科學界有很大貢獻的，而且在這種環境裏，他也沒有辦法寫別的文字。

為了怕他家裏的夫人和孩子們的等待，為了他環境的不方便，我不敢再多留他一分鐘，雖然雨下得特別大，但只得給他傘，送他走了。其實我們已談了將近四個鐘頭的話，也可說是很長的時間了。“再見！”

“再見，也許有機會我還來看你。”

在雨聲中消逝了他的影子。回到寢室後劍和竹問我：“老郭怎樣？”

“窮得要死，環境也特別不自由。”

“……”

一九三一，十一，十五早六時

陽光充滿了屋子時寫完——在東京

周作人印象記

碧雲

提到周作人先生我就忘不了他的小門。那是第一次我和小鹿去看他，進院就看見大門緊閉着，但開有一個長約四尺、寬二尺的小洞門。

“怎麼？我們從那裏進去呢？”我這樣帶笑而又很像着急似的問她。

“真的，我們怎麼能够進去呢？”她也睜着眼睛問我。

“不管牠，非等工友來打開大門，我們決不進去。”

我究竟是個胆大的人，無論到什麼地方總是這樣不怕一切，而且說出“決不進去”四個字來，真是再凶也沒有了。

“好的，我们敲門吧！”小鹿也附議贊成。

在等待工友出來的一刹那，我想到許多好笑而且不應有的念頭，我想假若我們從這小洞門進去，簡直像小貓一般，不開大門未免太……了！點子裏究竟加上那幾個字好，連我自已也回答不出。

“鹿妤子。假若他們不開大門，怎麼辦呢？”我又帶着微笑問她。

“那只好從小洞裏進去。”她也笑了，而且笑得兩只小眼睛成了一個直線。

“你很小，當然可以從小洞裏穿過，但是我這麼大的人，怎麼能進去呢？”

接着又是我們的笑聲，而且這回笑得更厲害，我的腸子笑得結成了許多結，腰也灣[1]到再不能伸的地步了。

正在這個嚴重時期，工友來請我們裏面坐了，可是他並不打開大門，“嗯，難道眞讓我們從小洞裏爬進去嗎？”我有點莫明其妙起來。用手試試推門，誰知關得像鐵門一般緊，絲毫也不能動。在莫可如何中，我們只得灣下腰來“小心翼翼”地走了進去。自然我更比小鹿要痛苦，因為我比她要高大，一不小心不但會“碰壁”，而且會進不去的。

“假若出來還是不開大門，那才苦死了！”當我走進了客廳，見到了作人先生時我還在這樣想着那個小洞門。

* * *

這是作人先生的客廳，也是他的書房，除了一扇門外，房子的四面通通是書。坐下後我就像劉姥姥進了大觀園一般，兩只圓溜溜的眼睛只是東張西望，沒有一瞬間的休息。書是那樣整齊，不但一類類的分得很清楚，而且絕沒有高低不齊或者傾斜等現象。書的最多數是日文書，中國舊的書籍，另放在兩間屋裏，自然比“洋”書還多。

櫈子很矮，桌子自然也很矮，一句話，整個的佈置像日本式的。潔淨的黑漆茶盤裏，擺着小巧玲瓏的茶杯，工友倒了茶後，我們很自然地毫無拘束地端起杯子來就喝，喝完了一杯又輪流地再倒一杯，倒完了，主人又叫工友再拿。茶眞香，我本來只喜歡喝白開水的，這時却特別高興喝茶了。

“這茶葉也許是從日本帶來的吧？不然為什麼這樣香呢？”

我心裏這樣想時，臉部似乎覺得有點微熱，因為我由茶葉而很快地聯想到了劉姥姥，聯想到了兩親家遊巴黎。

我們談的話很多，這裏也無須詳記。主要的是我們由各種文化運

[1] “灣”今為“彎”，下不另註。——編者註

動、革命運動而談到了婦女問題。關于這，我們也費了好幾十分鐘的時間，本來我是不高興談婦女方面的話的，因為話起來太麻煩，而且結果總是失望。除了勞働婦人外，在現社會中活動着的一般小布爾喬亞份子，儘管她們唱婦女解放的高調聲振天地，也是絲毫無補于事的；而且她們的虛榮心又是如此之大，假做婦女解放運動之名，而出風頭一無其實，因此我最不高興提到婦女問題，但那天不知怎的竟大談而特談起來了。關于這問題的意見，作人先生還是像在《永日集》裏引的凱本德（E.Carpeoer）“婦女運動不能與勞工運動分離，這實在是社會主義中之一部分，如不達到純正的社會主義社會時，婦女問題終不能徹底解決”(二一四頁,《婦女問題與東方文明》等)的主張一致。為了這地方特別清靜而又沒有外人聽到的原故，我們更放肆地談到了近年來青年被屠殺以及一切一切現社會的罪惡都給他一一暴露出來。起初我以為作人先生只是一個學者，他不會和我們談到政治問題的，而不知他對于這問題倒很感到興趣，無怪乎國民革命軍初起時，張大帥說他是××（作人先生親自說出的）。我這時對于他的印象更深一層，起初只覺得他是個博學多能、品德高尚、溫柔謙虛、和藹可親的學者，而現在更加上思想上的認識，知道作人先生一直到現在還是始終同情革命、擁護革命的。

的確，作人先生待人的懇摯、作事的負責忠實、說話時的那種自然的和藹的態度，使我深刻地感動，常常有些自命為文學家、學者、名流之類的人，他們、她們自高自大，以為社會就是“唯我獨尊”，眞是井蛙不知天地之大，××不知海水之深。

為了另有幾位來訪的他的學生來了，所以我們先走了。

他是如此注重禮節，一定要送我們出大門，因此我得親眼看到他也灣着腰穿過小洞門，無疑義的，剛才那兩位也是走的小洞門。

“哈哈，我今天失敗了！”

臨別了作人先生時，我這樣對小鹿說：

“他是一位矮、小，嘴邊有着小鬍子像一個十足的日本式的中國人。”

* * *

雖然我們是通了許久的信才見面的，但是見了之後也就覺得很滿足了。要不是為了朋友慕實的詩稿，我第二次不會撲過空；但是我這次得到的代價更大，我看到了若子，作人先生的美麗而努力向學的女公子。然而若子呵，你為什麼只給我看一次呢？而且一生只有這一次也只能看這一次喲！……

本來是我約好了他的，因為我遲到了半個鐘頭，他有事出門了，我僅看到從南屋走出來的一個十五六歲模樣的小姑娘，圓大的眼睛，窈窕的身材，美麗的面龐，佩着活潑的步伐，沉靜的態度，更顯得她是個善感多思的熱情女郎。我想走攏去問她父親到那里去了，幾時可回。但我又嫌冒昧，終于丟下詩稿，寫幾個字就走了。

兩天之後，接到作人先生來信，說他病了，我這人是向來不會交際的，也沒有去看他，只是寫了一封簡單的信去。這時我的腦子裏只有若子的影子，我想她一定很可愛的，看她穿的樸素的衣裳，我知她絕沒有染上“摩登”的惡習。我們還是繼續着通信，但不見面已有兩個月了。忽然一天的上午，我從外面回來，同學王君手持一張《世界日報》，告訴我周先生的女公子若子死了！這突如其來的惡耗，使得我全身都麻木了，當時我還不知是不是我看見的那一個，誰知閱報，天哪，正是我在思念着的那個可愛的孩子呵！我不能詳細的看報了，我忙寫了一封信去慰問，但是顫抖的手，能夠寫什麼呢？幾句辭不達意的話，我知道對于作人先生是只有增加痛苦的，至于我，更沒有勇氣去看他，固然我是為了不敢望他“老淚長流”，其實我是怕那副黑漆漆的棺材呵！在棺材裏躺着一個年輕的、美麗的、像天使般可愛、有偉大前程的若子，她和至親的父母兄弟姊妹、至愛的朋友們永別了！呵，棺材，死，病，多麼可怕的東西，可咀咒的死呵！

由若子的死，使我感到人生的淒涼，這樣健康的孩子尚且死得這樣出乎人意料之外，像我這樣的人難免不有“今日脫了鞋和襪，不知明日穿不穿？”之感。由她之死更使我害怕人生太短促，要做的事情太多，更想起了我幾年來死在血泊裏的朋友，雖然她們死的意義不一樣，然而都是死呵，唉！……

大概是一星期以後吧，我病了，而且病得很厲害，三天沒有起床，也沒有吃東西。不知怎麼我忽而寫了一封幾句話的信給作人先生，大意是說：“我病了，我不怕病，但是我討厭病，像若子一樣，多麼痛快呵！的確，一個人在病得很痛苦時他就希望死，正好比一個犯人在受刑時希望槍斃一般。”因為死是人生的大解脫，很幸福的事情。

“×小姐，有客。”

號房送一張名片到我的床前，我接過來一看，出乎我意外的周作人先生來了！本來我沒有氣力起來，但這時不得不勉強爬起來披上衣服走到冷冰水的會客室去（上午會客室裏是照例不生火的）。

“呀！這樣大的雪天，你怎麼跑來了？”這是我見到他的第一句話。

地上已經堆積着二尺多厚的雪了，但正在下着的，是由北風中送來的沙雪。我剛從熱烘烘的被窩裏跑出來，自然特別覺得冷，因此全身不住地顫抖，牙齒像敲鼓似的響着。

“病不厲害吧？吃藥了沒有？”他帶着悲苦的語調問我。

“不大厲害，我是向来不吃藥的。”說話時我注意他手裏拿着的一包東西。

“不要忽略了，要特別注意呀！”

他說這話時的聲調更低微、更顫抖了，我想他大概想到若子病時的情形吧，他要我特別注意，大概是怕我蹈若子的覆轍吧？我也傷心起來了，淚珠忽然湧上眼來，我不是害怕自己的死，而是想到死者的難過。

“眞想不到……”

好容易我吐出那幾個字來，可是下面的字任你如何用力也說不出了。

“這……這……這是她的一張相。”

當我接過他手裏的相和送給我的兩本書來時，我第一眼發見了相片上面寫的六個字：

“亡女若子遺像”

我持看相片的手顫抖了，我的兩眼被淚絲遮住着看不出相，也看不見站在我身旁的周先生是否在流着淚，還是像剛才一樣只是淚珠充滿了兩眼。

“我走了！很冷，你進去吧，望你好好保養。”

就在這樣悽涼的情形之下，我望到他的背影在風雪中——消逝了。

* * *

第三次也是最後一次，我和鳴去取那部詩稿時，看不見他的笑容，只聽到他的顫抖的語聲了。

“若子安葬了沒有？”我鼓着勇氣問他。

“昨天安葬的，今天我已經去看她了。”

什麼都沒有說，呆坐了一個鐘頭，回來了，我也再不敢寫信給他了。若子是周先生最愛而又最聰明的女兒，大概他現在還在時時憂傷着她吧？

一九三一，十二，廿三夜六時，上海

張資平訪問記

谷平

六月上旬的一天，時間是中午時分，強烈的太陽光佈滿了天空，我這時候從寓所出來到霞飛路的一個俄國菜館去赴張資平先生的約。

張資平先生是現代中國一個最通俗化、差不多沒有一個青年不讀過他的作品的作家。他的產量的豐富，也為中國各作家之冠，他差不多每年都有好幾種創作出版，而現在，有許多人也正批評着他的作品，但批評儘管批評，他的作品却仍舊有着高度的銷路，在中國占着這樣的重要地位的作家，去訪問他也許並不是沒有意義的。

我到那個俄國菜館的時候，差不多已有十二點鐘的樣子，張先生已經早在那裏了，他桌上放着《羣星亂飛》的原稿紙，正在修改，看見我來，他連忙站起來和我握手。

他是一個身子稍矮而有些肥胖的廣東人，他穿着一件不很好的西裝，說起話來是一種蹩脚的官話而帶一些廣東腔。

他對人的態度是很客氣的，并不擺什麼大作家的架子，我於是先問他的生活狀況，我說：

"張先生近來的生活很好吧？"

"還好，不過我的用度根大。"

"那張先生收入的稿費不是很多麼？"

“是啊，不過我有幾個小孩子，家庭的費用，一月差不多也要三百塊錢的樣子，其餘的，我都幫助朋友，朋友中窮的很多，甚至有許多朋友多是不能生活的，我只要够過我的生活，餘下的錢我都借給朋友。”

後來開始轉到作品方面，據他說，他做小說完全是為的生活問題，他覺得做小說不是一件容易的事情，尤其是創作小說。一時實在做不出來的，他說，他是想專門研究社會學和歷史學，他說這二種他想永遠努力下去，而且成就也是較大的，他說完了就拿出他最近在商務印書館出版的《社會學綱要》送給我，並且請我批評，他說這本書是很淺顯而切於實用的。

我又問他最近有什麼創作的計劃。他說有的，這下面就是他說的話：

在最近，我先拿《羣星亂飛》寫完，羣星亂飛是一部悲慘的Romance，內容敍述一個少女受盡了社會的顛沛和經濟的壓迫而淪為舞女，寫她許多浪漫的故事，這部小說我是比較用心寫的，我想出版後銷路一定很大，尤其是女學生最喜歡看。

寫完了《羣星亂飛》，就寫《北極圈裏的王國》，在這一二個月中寫完，然後開始我自敍傳的寫作，我的自傳先寫三部，上部名《十字架上》，是寫我幼年的生活的，中部名《脫了軌道的星球》，是寫學生生活的，現已由光華書局接洽出版。

我今年的工作就想做到這裏止了。

明年我想接寫《上帝的兒女們》，《上帝的兒女們》共分三部，上部為《宗教篇》，僅是一個序論，書名卽稱《上帝的女兒們》，中部為《愛慾篇》，名《脫出了埃田樂園》，下部為《鬥爭篇》，名《撒但的末裔》，這三部書大致有五十萬字的樣子，上部已完全脫稿，由光明書局出版，中、下二部則須留待做明年的工作了。

明年我還想翻譯十部日本小說，由現代書局出版。

後來又談到他對於文壇的感想，他說他對於現在的文壇也沒有什麼大的感想，不過他自己是毫無派別及背景的，他說他雖然各派的朋友都有，但是他自己却並不是任何一派的一份子，過去有許多人攻擊他，說他怎樣，但攻擊他的人多是別有用意的，所以他一律不理他們。

我又問他樂羣書店的事情，他說樂羣書店他是虧了許多錢，現在已經交給他的姪子張尚武去管了，他是不負責了。

談論到這裏，飯也吃完了，時間已過了十二點，我於是和他一同出門走了。

郁達夫印象記

匡亞明

一

“他的面貌無俗氣，但亦無特別可取的地方。在一副平正的面上，加上一雙比較細小的眼睛，和一個粗大的鼻子，就是他的肖像了。”這是他在茫茫夜裏為他自己寫的肖像。當我每次翻閱他的全集或憶念及他的時候，這副肖像便幻現在我的面前。

二

他是被目為中國的頹廢作家的，但據我的觀察，一般人所舉出的理由，不足以證明他自身是一個頹廢者。在小說裏，他僅僅很忠實的表現了人們所不敢表現的生活的一面，而其實這一面往往是人們所共有的經驗，不過程度略有差等而已。他的日常生活，就我所見到的，也都和常人一樣，並不顯示着反常的浪漫和頹廢。倒是，在言談之間，顯示出他是深於世故，而能應付世故的一個人。

三

他的穿著很質樸，常常是一件銀灰色的大褂，黑直貢呢的圓口鞋子，看上去好像不像在中國文壇上負着盛名的郁達夫。

提起他的穿著，我就聯想到在《蔦蘿行》裏描寫過的他的香港布洋服了。那時我還在蘇州的一個師範學校裏讀書，對於他的熱烈的同情與感佩，眞像《少年維特之煩惱》出版後德國青年之“維特熱”一樣，我也倣效着做了一套香港布的制服，同時接踵相效的還有同班同學作羣兄。當時的天眞的稚氣與熱情，現在雖完全離開我的生活，但回味還是很饒趣的。

四

有人把他與蘇曼殊對比，說曼殊的生活比作者更浪漫，而達夫的作品則比生活更浪漫。這與前說互相參證，或有幾分是處。

五

人不能離開了社會的支配，文學不能離開了人的支配，所以文學是社會的產物，偉大的文學是時代的社會的表現。要能握住時代，把社會的某一面赤裸裸的表現出來，這樣，在那作品的本身才含有相當的意義。中國在“五四”與“五卅”之間，是一個極浪漫的時代，大家對於社會的前途都有一個憧憬。但僅僅是一個糢糊[1]的憧憬，所以一般腦子較清醒的人，都苦悶着在這個糢糊的憧憬之中，以浪漫為暫時的慰藉。達夫的作品，便充分的供給我們以認識這個時代的實際材料。他能現身說法的表白了這時代一部分青年人的苦悶，所以他的作品在青年之中，成了一個極有力的讀物。我自己便是其中的一個。

六

以前鬧窮的他，現在依舊遇人卽訴窮。在一切都落後的中國，要專以著作維持生活，像有了地位的他，還是如此，其他無名一點的，更可想而知了。這積症應該歸結到社會的根源上去，决不能以幾個有著特殊際遇的作品而忽略了社會背景。一切都成了商品化的現社會，個人是沒有把握來解决個人的問題的。由於他在我腦子裏的窮的印象，我不能不聯想到其他比他還要窮的人們的景象。

七

“在還沒有與社會接觸過的年輕的人，往往以為抱了一本曼殊的詩集就可以消憂忘渴似的。自己往昔也有過這種經驗。但現在可覺得詩是要最低限度的吃飽了飯才能去吟玩的。詩决不能代替麵包。需要

---

❶ “糢糊”今作“模糊”。——編者註

麵包,比需要詩更迫切些。”這是他前年(一九二九年)暑假中的話,這全是他的經驗之談。這話至今還一個個字牢記在我的心頭。是的,麵包比詩——不,比一切文藝更迫切些。文藝是麵包上的裝飾品。

八

由於他對創作的忠實,他的為人也是極虔誠的,至少是我個人如此相信。但家庭的刺戟、朋友的刺戟,以致社會各方面的刺戟,在感覺敏鋭的他,也許受的太多了,現在反覺得有一種無名的失望幻現在他的面前,好像驚弓之鳥似的,最近更有點不敢與人接觸的樣子。因為環境不良,社會又不允許一個作家很自由的講自己所要講的話,所以他近來的新作品更少與世見面了。但我相信,這期間將在他的內在間蘊釀看更偉大的腹稿的。而且,許會更切實的在未來的作品裏注意並觸到那個嚴重的問題——麵包問題之大多數人的解決的必然的路徑吧。“需要麵包,比需要詩更迫切些”,深印在我的心頭的他這句話含有嚴重的社會意義的話,將成為在更實際的路上進行着的他的口號吧,我想。

九

他現在是蟄伏着的,像隱士一般的蟄伏着。在現在自然已不是一個很好聽的名詞,但如果這個蟄伏是為更實際的未來作準備的話,那雖則蟄伏的本身是消極着,而其效果上還是有着很大的意義的。

十

在我的眼中，他確不是一個浪漫、頹廢的人。富於熱情的他，在根源上還是有着冷靜的識力的。他不會取巧，不願投機，處處地方，都保持着相當的純潔。或者這所謂純潔裏面也含着多少“潔身自好”的成分，這成分在現在也是一個近乎個人主義的譏誚的名詞，但比那些投機取巧以至作惡多端的人，還是非常可敬的。有兩樁事實給我認識他的純潔與直率：第一是在廣東正鬧着北伐的那個時候，他便似乎看到了什麼不滿意的地方，兩手空空，孑然一身的跑回上海來了；第二是創造社與語絲社爭鬧的時候，他便與魯迅提攜起來，彷彿他是比一般人更深刻的認識了魯迅。

現在又到了一個新的階段了。蟄伏中的他，定會更遠大的抓住了一個更實際更正確的前途吧。

一九三一，六，四，深晚在上海

王獨清印象記

李白英

凄風冷雨，正象徵着這個苦悶的時代。

就在凄風冷雨的這一天，——五月十八日之下午，——我和 H 君為了一樁事件去赴獨清的約。那時，我和 H 君，心上大概都很沉鬱的。

（寫到這裏，我想申明，我的寫這篇，雖然是應着《讀書月刊》的徵稿；但並非為了我對獨清有崇仰他的名氣與作品的必要，也不是特地去找他作為文章的材料。我動筆寫此篇的興趣，只是在那天與獨清接觸後的印象而已。

所以，這篇裏所寫的，恐也不能如一般的作家訪問記等一樣。）

我和 H 君兩人，到了北四川路，找着“××酒家”，跑到三層樓上含葩室裏，他和另外一個作家早在品茶吃廣東瓜子了。另外一個作家便是翻譯《波斯頓》的余慕陶。

我和 H 君是西裝，余君也是西裝；獨清穿的却是青色的嗶嘰袍子。我和余君還未見過面；我和獨清雖然在創造社作家聯歡會見過面，但彼此也有些忘記了，所以都經了 H 君的介紹才想起來。

我們談了有兩個鐘頭，獨清的話最最響亮而多。余君每次少而低，H 君又次之，我講的最少。談的話，關於作家的，則郁達夫、郭沫苦、張資平、成仿吾、周全平、葉靈鳳等人都談到，關於批評方面的居多。關於書局方面的，則神州國光社、現代、泰東、光華、樂羣、樂華、春秋、光朋、北新、創造社等也沒有不談到的。還提起有一個某君想以罵他而出名，還提起幾個無恥之流作家的可笑事件，獨清只是搖頭擺手說："胡鬧，簡直是胡鬧！"作家中以談成仿吾談的最久。在這裏，講的這些作家的行徑，我不想放在本文的範圍裏，將來，或者有那種"新儒林外史"出現，那是會把這些作家所幹的事情一一搜羅在裏面；或者是獨清將來許會把來寫在他的《文壇見聞錄》中。

我在這裏，我已說過，我只想，也只能把那天和獨清接觸後種種的感想寫些罷了。

我今日曾經看過好多作家，有的是像已安徘一生於著作之職業中的，預備養妻育子，有的是病態頹然，"唉，且活活下去再說罷！"至於獨清，我却沒有感到他有這些現象。他的肥胖，並沒有改掉他的常態；面孔紅活的並沒有呈衰老的氣象，他正在青春與壯年之交；他談話的時候，是都非常之用勁的，他頗顯示生動有活力。

問他近日的著作，他是正在寫《我在歐洲的生活》，他說，這是他自傳的前部；寫他在歐洲時代過去的浪漫的夢，他說，已允給光華書局出版。其後一部是要寫他和創造社的關係的；此外，他在著作《中國文化運動史》，從"康梁變法"起，到最近止；現在，正在搜集材料。他認為這是一件較有意義的工作。看他的情形，他也需要賣些稿子以維持他的生活，但又想寫比較有些意義的稿子。

固然，談到幾位作家的情形，使我們很感興味；而他的用勁而響亮的神態和言語，我和 H 君的沉鬱的確也消散了不少。

瓜子已來了好幾盆，點心也吃過了，茶也已泡了幾次，時間也差不多夜了。給了鈔，H 君余君都披上雨衣，我搿着洋傘，獨清却挾着雨衣不穿；我們相率下樓，走出"××酒家"門外，彼此點頭道"再會!”獨清却彎了好幾次的腰,那個彎腰,在他好像已成了習慣似的。我們走了五七步路，回過頭去，他一面走，一面在穿雨衣了。

一九三一，五月十八

葉紹鈞訪問記

賀玉波

從趙景深先生寓所出來，已經是下午八時三刻了；在這樣晚的時候去訪問葉紹鈞先生恐怕不方便，但為着一腔熱誠所驅使，我只好不顧一切，去擾亂他晚間的家庭幸福了。

乘公共汽車到了東橫濱路，我急急地走進了景雲里。找清了他寓所的門牌後，才繞到後門去敲門。那三層樓的房間這時候已經沒有一線燈光。門雖敲過幾次，卻沒人答應。想必是主人家一家人早已就寢了。正想轉身欲走的時候，二樓亭子間的窗門忽地打開了，一個不清爽的女人面孔投了出來，說了一句我不懂的閒話，我正在疑惑不定，灶披間的電燈亮了，隨即後門也砉地一聲閃開了。站在門裏面的正是葉紹鈞先生。

“來得太晚了，請原諒。”我坐定在客堂的椅上，說道。

他隨即回答沒什麼緊要，他是要到十點鐘才上牀的。我瞧見他只穿一身中國竹布汗衣，赤足，套着拖鞋，好像正從床上起來的樣子。心裏實在難過，悔不該在九點鐘的時候去擾亂他的安眠。我把視線投到四周：最惹人注意的就是擺在桌上的幾個無錫泥娃娃，還有泥狗泥貓集在一起。從這些玩物，我推知了他定有幾個小孩。記得四壁是光光的，沒有什麼字畫。

“葉先生多大年紀了？”

“三十八歲。”

但我先前以為他是將近三十歲的人，因為他的面色很顯得有生氣而且年輕。誰知在相問之下，才知道他已是個中年人，而且有個大兒子在蘇州某中學念書，此外還有兩個小孩。他只有個母親，隨他們夫婦同住在這兒。可惜我沒有機會見她們。

“葉先生近來有什麼大作？”

“一點也沒有。”

“從前在各雜誌上都可以見到你的文章，現在為什麼不多發表作品了？”

“嗳，正是。想來想去，總想不出什麼好的東西來，所以率性不寫了。”說到這兒，他才想起給我一支香煙。

“你抽煙麼？”我疑問着。

“稍微。”隨即他自已也燃了一支香煙，繼續說道：“我的不高興寫文章，正同買架照相機拍照一樣。起初，有了一隻鏡頭，總喜歡用牠到處照照，無論什麼東西也要攝得試試看。隨後漸漸用厭了，最終簡直丟在一邊不高興弄牠了。”

“這倒是個恰當的比喻。”但我又轉問看：“《倪煥之》銷路怎樣？”

“已經三版了，還不到兩年的時間。”

“你的童話單行本除《稻草人》之外，還有其他的麼？”

“已刊行的只有那一本。不過第二本《古代英雄的石像》已由開明書店排好，不日可以出版。”

“在中國寫童話的就只有葉先生一個人呢。”這是我的誠懇的讚語。他只是謙遜地一笑。

這時候，他問到我的近狀。我便一絲不瞞地告訴他了。此外，我們更談到些別的話語。然後，話題又慚漸轉到有意義方面的來了。

“兒童讀物為什麽在現在風起雲湧呢？”這是我的一句不關重要的問話。

“那只是處在現在惡劣的情境之下，沒有什麽書可出，書店便只好出出兒童讀物了。”

“據你的眼光，那些書籍怎樣呢？”

“好的也少，起初商務印書館有幾本雜亂無章的西洋童話的翻譯本，但也沒有什麽好處。後來開明書店的《世界少年文學叢刊》繼起，算是對於西洋兒童讀物有個比較有系統的介紹。此後，雖然北新書局出版過小朋友叢書，又有兒童書局專門刊行見童讀物，但都沒有良好的成績。”

“現在最要緊的，是希望中國多有幾個童話家，努力創作點好的作品出來；他方面希望有人能將西洋兒童讀物作個有系統的完美的介紹。”算是我大胆說出的結論。他點頭表示同意。

時計雖是將到九點了，但我的談話的興趣反而增加，希望談話簡要起見，我便問詢到一個最近發生的問題。

“前兩個月湖南省政府主席何健轉來該省某縣長呈文至教育部，談到兒童讀物中動物不應作人言一節，呈請將該項書籍禁止發行等情。不知教育部接受過這種呈請沒有？”

“教育部已相當照辦過的。商務印書館有好發本兒量讀物禁止了。”

“那末問題就在這兒：到底兒童讀物所描寫的動物器具應不應該作人言呢？”

“主張動物器具作人言的叫做輭性的一派。他們根據啟發兒童的幻想力為原則，才有這種主張。從前在美國曾有人反對過這種意見。他們主張以眞實的社會生活介紹給兒童，說他們漸漸明瞭社會的情狀。這叫做硬性的一派。總之，據我看來，兩者都各有各的道理。”

“除這兩種學說外，再沒有其他學說了麼？”我說過一會兒，他還沒有回答，便接下去說道：“聽說在蘇俄有一種兒童文學的新作法。”

“怎樣的呢？”

“現在舉個例來說明。譬如說一粒紅寶石忽然流起血來了。於是借着這流血的紅寶石說出一個故事來。寶石是產在山礦中的，礦工怎樣費了血汗把牠採出來，玉匠怎樣費了血汗把牠雕刻成美麗的式樣，怎樣被商賈轉運，從中賺得利潤，怎樣被貴族或富人用從貧民剝削而來的金錢收買。於是那紅寶石簡直變成貧民的血的結晶，在富人的掌握中忽地流起血來了。”

“這種作法當然也是很好的。”他只簡單回答了這一句。

末後，我和他談到了我的私事，有些地方要請他幫忙。又請他為我編輯的一種雜誌作稿，當即蒙他很慷慨地允許了。這時候，壁上的掛鐘快到九點三刻，因了夜深與天熱的緣故，我不得已才離開他的寓所，雖然臨行時他還是很誠懇地留我再談。

一九三一，五，二九，作於上海

俄國

高爾基訪問記

巴比塞

我同他密切地會晤，這算是第一次。當然我們以前也時常遠遠地協力合作，但是我們的私人的接觸簡直不過是在通訊上而已。

這時他在我當面出現了。我們握了手，繼而接了吻。這兒是莊園的堦上。身邊是幾支潔白的圓柱聳立着。黃昏的微光和大庭園的碧綠相反照着，在四周映出數條交叉的、圓滑的線紋。

他是打算暫時住在這兒的。往時的貴族的邸第這時已變了保養的房屋。從莫斯科到這兒的路程大約是四十基羅米突嗎！莊園正像是一個褐色的小島嶼一樣浮出在蒼鬱的丘上。可是那過於廣大的園中却到處充滿着平凡的趣味，十分令人想起那舊主的熱忱，這也是可以由那近代樣式的愛好者的心裏，如實地在處處曝露着的一點上明白的。

就是在這兒住着高爾基，受了蘇維埃聯邦的民衆全體的歡迎之後的高爾基。高爾基幾年來雖然離開着這國的民衆遠遠地生活着，可是在他入國的當初，那歡迎的表示的多樣多種，大規模和統一，那熱狂的程度却不是不親眼看見的人們所能想像出來的。就是現在莫斯科的耳朵邊也是能够感動着那時候在這為新的事業歸國回來的俄文壇的巨匠的身邊沸湧起來的衝天的歡聲。在莫斯科每個窗飾裏光耀着的他的肖像，巨大的風貌，高高地掛在框裏的生彩的容姿恰像是舞台上的背景，而那處處時時引人眼目的歡迎文句又隨着流風在大道上飄揚。

我們幾個朋友的一行人就約定同去訪問高爾基。國立出版所長哈拉多夫氏（這個世界的出版所在今年內已經印了八千萬部的刊行物），是以前重建了蘇維埃聯邦的鐵道和其他種種的人物，是像血銅色的聖書中常有的美麗的容貌的主人，他的黝黑的美髯正像阿爾美尼亞人的漆黑的瞳子，而他那戴慣的阿斯多拉干帽和皮製的上衣正是平常看慣的他。伊斯維司底亞報紙的主筆司德巴諾夫·司科爾若夫氏，姿勢正直，穿着擲彈兵那麼長的軍隊式的對襟服。光頭，青的眼睛，美麗的厚鬍子，粗大的激情的美聲的主人。迦湟次基是中央執行委員會的柱石。這幾個都是奔暴的活動家，但是他們所管轄的重要機關的數很多，要把牠們一一不錯誤地舉出來正是不容易的。季米嚴·別德芮伊君是著作家，又是得寵的詩人（眞的，實在是 Populaire）。有温柔的眼睛的記念的人物，富有機智的人。“你若是能夠直接地理解他的話，”一個同志對我這樣精微地說，“你更要痛感你不曉得俄文的可惜。”此外還有種種許多的人們都聚在堦上的門口邊，站着的拂着脚，坐着的揮着手，像這邊的人們常有的一樣地舉手動足，歡喧地談論着。

高爾基就在這中間。坐在我對面的高爾基，我的小孩子一樣的印象是這樣的，並不像嗎！阿力舍伊·馬克西莫維支的風貌，至少在一時的印象是經畫家的筆觸的添削的。照相師又專會揑造，所以那許多的肖像是只能傳出他的面目的小部分而已。散在世界各隅的紙上的他的容貌是另有一種不像他的品格的。葬[1]在臂墊子或是安樂椅上的他的瘦軀是十分曲折的。兩面的肩膀高高地突起來，小小的頭上黃金色的頭髮已經錯雜着了白麻。高羅式的鬍子金爛地向下垂着。這是他的

[1] “葬”，疑為“藏”。——編者註

肖像畫的特點，其他的部分總是消瘦緊張的。臉上雖然沒有多大的光澤，卻很是明快，而那澄清的碧眼裏又浮着不能形容的瞳孔。

高爾基並不講法文。他是只有對於我的法文的質問應答“不”（non）的程度。但是他是會稍稍看些的。談話之前他把他那纖弱的神經質的手觸着雜誌 *Monde*（譯者：巴比塞主筆的用國際做標準的文化雜誌）的新刊，用光閃閃的眼睛剛在看着這些標題、中間的文句和記事。聽說高爾基也學過意文，但是這也是程度很淺。這樣推測起來，他的唯一的有權威的俄文像是把他的語學的領分完全占據了不許別種文來分割的。

其次他對答了種種的質問。在這兒幹什麼？暫時的沈默。保養。搜集資料。想到烏骨拉伊那去旅行，到高加索，然後再到故鄉的奇・諾夫戈洛多去。執筆嗎？是的，但是現在到不想著書。想寫些記事、感想。再回蘇蘭多去嗎？去的。然後才決定地搬回蘇維埃本國來的是嗎？大概是這樣的。

他的精神作用？回俄的第一印象，嚇了一大跳！

最近在意國住了數年的他，從俄本國來的豐富的通信是不輕易放過的。新聞也是閱過的，對於故國的一切的消息是很熟的。但是他知道的也只是知道而已。他的知而不知的證據就是在他回國的當初一切的事物在他都是新奇的。但是他却會拿着尖銳的眼光去對於一切下些仔細的觀察，周圍的人們誰都是受過他質問的。他要在衆人的臉前對衆人演講，所以蘇維埃那時的諸新聞隨把他的活動，對於些少的事情，事情的斷片，一切的注意，一切的輿論的他的不斷的感興、趣味一切詳細地登載出來，波利斯・伏里奴就對於這新歸祖國的觀察者奉上了一篇精細綿密的記事，“他把眼睛展大來凝視”。

所以在他，現在俄國的特質，就是牠的大變化，偉大而深刻的變化。甚至在高爾基是不變的、最大的東西也跟牠的背景一塊兒變得認不出以前的舊態。從莫斯科到這兒來的途上，我是賞讚了他們那處點綴着的、沈重的村落的。貫串着那原野的大堤的兩邊是這茂盛的綠林。從那兒離不數百米突是隔着一條綠葉成蔭的街道。兩側有圍地和木造的房屋相連的地方。那是瑞西風的農家。側面是用圓木造着，窗口是用木頭刻工裝飾着，都塗着白、青、綠、紅的顏色。那新鮮而活潑的色彩正令人想起這兒的裸足的女人纏的頭巾或是穿着長統鞋的男人的圍身巾。時時看見教會。大都是塗得像北方的小屋式的。烏鴉的一羣在那兒排着行列。那片片黝黑的翅膀正像貼在天空上的黑色的嵌木工。

高爾基慢慢地說。

"——我那麼熟識的田園和鳥兒也都變了。"像這樣子他把那次以前什麼都知道的莫斯科也認不明白。實在莫斯科的景像已經煥然一新了。除了些重建在幾年來的廢墟上面的以外，現在已經有了許多用幾何學的正面，機械的統一和壯觀凝裝的新建築物了。例如中央郵政局、托辣司、莫賽爾迫浪消費合作社、列寗[1]研究所、伊斯維司底亞社和其他的立體的、宏壯的、鐵筋的、嵌玻璃的這些新建築都威風地聳列在那兒。

但是他說的變化卻不指這些東西。他不是從這些巨大的、正面的建築物就想不出以前的莫斯科，他找不到的是那以前在這兒漂泊的雰圍氣，走行的人們的生活。變化用返童的形式出現了。他幾次把這話咬緊着牙齒說，這是歸國的亡靈的感情的最後的動機。高爾基繼續說：

"——我回俄的當初比現在是更疲乏、更老衰着的。但是其後所觸目的一切事物竟使我返老還童了。"

---

❶ "寗"即為"甯"，同"寧"。列寗本書又寫為列寧。——編者註

他叫新的建設者們做（這也是他的常套語）“少年勇敢的顏貌”“奔放而有確信的疑視”。他把住在“有精力而神聖的、智的創造的空氣”裏的事說明給我們聽。是這青春在他身上奔流着的。眞的，“精力是會感染的”。這青春在他變做了熱情，變做了感激。而時常他的感激遮斷了他的言語。所以在他寫好像是比說話容易。因為他想不出適當的言語來。而且他的手是最忠實的翻譯家，是比嘴數倍有價值的發明家。他想，這個他愛的、他賞讚的羣衆，和這羣衆吹進入他的呼吸，就是說這國的民衆是在那一種情形做了什麼事情，在他們本身，是不知道的。反之，像他這種平常住在遠方的人忽然跳進這實現了之後的一切的中間去，而置身於征服知進展，和勞動的鐵則的中央，才能比平常住在捲渦中的人們更深刻地受公平的刺戟。

實在像這樣子熟識俄國，俄國的人們的精神和意識的反應是一概不受年齡的効力的，左右是幾年的不在所帶來的結果。這是很有重大的、衝動的意義的。這是應該做強固的指針的。但是世上往往有以入蘇俄當做一個小小的文學的 business，為著作的目的胡亂地把搜集的材料拿來化做商品的一輩。但是在高爾基地注視的却是一國的原動力的主義、主張、傾向、全般的洞察力，這以外他是不問的。所以他對於那兒一切的缺點和不滿的地方也都拿眼光去觀察。他的眼睛是大人物對於大問題的凝視。這樣他就打了一個結論：“蘇維埃的大衆運動是在這地上最重大最壯觀的事變。”這種評價是含有歷史的意義的。

他是自已當做一個往昔的舊人講着的。雖然有些古舊的地方，但是同時他是新人，照路納却爾斯基的話，他是在今日的俄羅斯最光耀、最有明晰的意識的主人，最好的勞働者的“新人”。

新人是“從內面返童了”的人們，我們的高爾基給牠這樣下了一個定義。以前人家學說俄人是“怠懶漢”，這也不是沒有道理的。這個像一時的古諺一樣的表現是表明俄人是怠惰和先天性的自棄主義和奴隸性結合的民族的。但是這種人們現在已經漸漸消滅了。新人是鬥爭的。“貯畜着智的全能力”的新人不但有了知識而且有了最明亮的一般概念。這樣子獲得了社會意識的他們是認着對於全體的一個的責任的，他們當然使頭腦活動，但是為完成革命，他們的精神也要不落人後的。革命是……同時是……這些都是用思慮和熱情培養的，是不即不離的兩個，因為那是活潑潑的氣力。拿只是一個的生活是不能把牠的頭和心開來的。

當然這兩個個人的原動力恐怕也現着大的對照，事實上理性家和感情家的中間是常常介着不能融合的相反的。像這樣的反目、誤解，是永久在這兩種人們的中間存在的。可是這些人們却有時好像想着一樣的東西。因為他們是用同樣的表現的。在這什麽一切都要解决的我們的時代，在要把大問題從各方面究明的各時代，我們是到處碰到理性和感情衝突的痕跡的，可是這種夢想和行動的古典的有名的衝突也不過是曾由哈孟雷特向全世界的輿論的法廷提出來的一類而已。那是理論和實踐、抽象性和具體性、個人主義和規律的爭鬥。

然而看起來雖然是這樣，實際上卻不一定是兩者的鬥爭。這是表現着生活的兩面，並不是被放在兩個根本地相反的原則上的。若是這兩個中的一個過於相信牠的絕對性，那是終要變成空想的。凡物要看分量。秩序也是很必要的。起初要合理，然後感覺、計畫，最後是熱情。所以要建設新社會只有誠意、好感、熱意或是犧牲的精神是不算足的。無論你要建設什麽事情，勞働的技術是很要緊的，但是我們要知道不用明確的理論組織的原動力雖說是等於濫費的情熱，對於目的的達到却有時也很有効力而不能缺乏的。

革命的建設事業是從……起，由建設的努力和鬥爭經驗到的。在這兒是要兼用嚴正的理論和有彈力性的現實主義的。但是能够明白地看到這層的人可是很少。然而列寧却是先覺的一個。列甯可以說是把理論和實踐弄做一體，把抽象性注入具體性的。但是高爾基在這列甯的巨大性之前一時却被他眩惑了。高爾基是不徹底知道他應該採取的進路的，他的心是人家一倍地和革命燃燒着的。但是他不完全理解了革命。說是革命家不如說是反逆家的，他用天才把搾取和下層生活的痛苦疾病，描寫出來的他的怒氣衝天的激昂，這資本主義的奴隸的奪取政權有時使他看起來好像是……的。但是這種見解卻全然不是十月革命的主導者能够容忍的。革命在這些人們是指平衡的狀態，是說從來受人工的手段支配的人們由……應該回復到的平常的位置和形體。

世上眞理是沒有兩個的。根據現實的就是眞理，好像生活的根據……一樣。但是我們對於這眞理是躊躇地不敢輕輕地命名的。因為我們是怕言語的抽象的偶像化的。眞理本身就是生活、自然。剛直的感覺給我們把眞理表示做純心的推理，或是科學的遠景繪法。這是結局總要來的二力的化合。這不但是應該共存的二力並且是要是密接的關係。這兩個必要倘若不由內的要求拚合起來，我們是好像被夾在螺盤的中間一種地危險的。世上的托爾斯泰研究家們要拿他們的感傷的無政府主義、經文和他們裝做道德家的苦澁的傲慢的臉子去堵塞這現代的混亂是太沒氣力的。被人家當做廢物的他們，有痛恨地捶足的，有陷入悲觀主義的，也有要從他們的在現實沒有根據的理想主義找出具聽的基調、離了人間界去奉仕靈光術的。這樣子這些人們已漸漸被棄入常在前進的歷史的餘白去了。

在這兒我想起老阿那託爾・法朗士的混迷（在這樣說的我也並不是對於 Crise 無關心的）。法蘭西以優秀的藝術家的直觀是明白俄國革命的輪廓的。但是他要全身進入他用驚愕的眼睛常讚的俄羅斯是太沒氣力的。他已經在古代風的習慣裏麻痺，又老守着他半世紀間所誦的自由主義的教典，要他有氣力拿他的感受性來追上他的先見是沒有希望的。

但是高爾基却漂亮地飛過了這個階段。他是被他的為人的放膽，為藝術家的豐富的天質、豪傲、情熱所必然地救了的。而且他又常常在……現在他看見了到處的生活都是充滿着列甯的精神。

“——俄羅斯的大衆能夠完成了革命的大任而還保存着牠是因為他們擁護着列甯的精神。總之現在列甯已在集團中甦生了。個人地知道他的人誰也不能認出吧。”

馬克沁·高爾基再論起新制度的個的義務。共產主義並不是要把個性吞沒去的，牠是要把個人的情感煽起來的。

“——共產主義的對敵主張說社會主義的終局是人間的機械化，就是個性的無力化，但是，其實呢？不，在這兒一切是……是血氣紅光的多，在蘇維埃國家最引我眼目的就是這國的人衆享受着極度的個性的一層。個人的權能已經擴大了。以前都是這些被搾取的、被利用的人們口口聲聲喧囂怒號着，但是現在這些人却都爽郎地高聲闊談起來。”

現在在俄羅斯誰都要拿獨裁主義來在嘴裏講。對於這個，高爾基的意見却是很有興味。這一層已經到了用這國的指導者的決議使這方面大大地發達起來的日程。

高爾基是把蘇維埃的指導者和鬥士們的對於自己的事業的批判僻保留着的。但是這兒所謂保留並不觸着根本，而只是指示批判的形式而已。在他國是有政治的分權的，實行和批判是不屬同機能的。高爾基對於這些機能的有機的結合是沒有異論的。但是他不能夠容認的就是在這國當在評價理論和實踐的時候常帶着互鬥的性質的一點。同時為了批判者的責任感而對於這些問題的露顯的個人攻擊也是他不能贊成的。高爾基還在蘇蘭多的時候已就聽到了這些銳利的討論，受了驚了。他說他對於他們的意見是古今不變的。當然他也主張在一種危險的傾向，譬如常要把我們引入舊世界去的官僚主義、開倒車主義的面前是永遠不能解除武裝的。但他附加着說，“雖是這樣，我們對於我們的缺點和誤謬是用不到怕的。因為這是應該研究的事情的一部，但是總沒有互相怒號、互相打架的道理。第一有害毒的言語不但是使人們不快，而且會使人們退化”，他也曾這樣想到。若是像這樣子，不但俄羅斯的民衆不能理解初發生的社會主義的實現的眞價，就是獨裁主義的跋滬和峻烈的內部鬭爭也要終成為一種誹謗。而在對外方面，因為他們對於俄羅斯的實現，他們的方法和節奏却像野蠻人一樣地盲目，所以一定不會有好的印象。

馬克沁·高爾基將有一個大立案實現。賈就是創刊月刋，題名《我們的實現》。這個月刋是資料本位的雜誌。牠的目的是要啟發無智和反對輿論並對於全俄的勞動者教示信賴自己。高爾基說：

“——發行把我們的勞動的各方面反映出來的機關在我是不可缺少的。不可缺少的！我的意思，我們對於我們在蘇維埃聯邦創造的事業好像是不十分見淸楚。就是從人們方面說今日在莫斯科走路的人們已沒有一個是和過去十年以前的不兩樣的了。”

我們又換了話題。我們談起新藝術，普魯列達利亞藝術。這問題很大。不錯，事關於開展在此後的新天地的社會生活和藝術的，正是大問題。從新的世界是應該產出新的人間的表現來的。我舉了我主宰的 *Monde* 誌的趣旨的一條對高爾基說。我又言及他所謂“雖是幹着小事，但是為着大事幹着”的新人。藝術從天地發生也吧，從集團發生也吧，就是產生在田裏的土塊上的，或是產生在都會舖道上的，這藝術一切也要拿着比什麼都大的健康體、剛直性和活動力來使人類的藝術生活甦生的。在這大的吹息的前面，那些所謂說洗過的文學，廢頹而沒定見的，在沒落過程中的富者社會的流行品，資產階級文學，不知道要怎麼樣呢？古董品吧！最近，我在驛頭站在莫斯科市民的前頭，迎接着脫了匈牙利政府的暴壓走來的培拉·昆的時候，我曾用普魯列達利亞作家國際事務局的名義對他表示敬意。因為當培拉·昆不掌握着政權的時候他不但對於從下層階級產生出來的藝術給與特別保護，而且對於當時像現在一樣地流行的資產階級文學，代表奢侈、廢頹、一切的污毒的惡德文學，澈底地挑戰。我們要進取的道路總是要以表現舊遺制的和表現人類的新幻影的中間的爭鬥做目標。

高爾基對于這秩序完全贊成，尚且約我喜歡寄稿。但是要成就這麼大規模的事業，教育方面、知的方面，要得到資料和新思想的兵士並不是普通的努力可以辦到的。而在戰鬥中及其他也是常有好的武裝的必要。他向我對於目下鬧着法國文壇的自敍傳小說有什麼感想。

“——這些作品是要看作家的，但是牠們這種出版的繼續已經是一面表示牠的微弱。資產階級文學之凋落是很顯明的，那些無主義、無理想，不過是把同一古朽的舊貨各人各樣地，技巧的巧拙且不問牠，再翻造一遍而已。就說求望着理想也只是沒有未來的，所謂追逐過去的文學。”

“——那是事實，”高爾基回答，“但是那些作品當做資料看也是有點用的。因為無論你怎麼說，教養都是現在切迫的問題。總之新的國家應該造出新作家。我是相信這樣的。”

這兒高爾基預想着來日的戰鬥文學。

“——將來的文學是應該益發……是應該探及新人的特性的。而牠的做藝術批判是應該常根據現實的。對於現在的小資產階級作家，這些可唾棄的徒輩（我只想他們都覺得憤怒）！是斷然不能容忍的。他們是小才子，是危險人物。這些新資產階級的小人們是無論那一個孔，無論孔怎麼小都要鑽進去的。他們比從前更有組織了。而且是比我們年少的時候更有了害毒的怪物。”

他藝術家的觸感，把那革命的組織家們用列寧式的分析方法見到的東西，一一感知出來……的殘屑的小生產家們的尸位素餐和安逸的空氣，現在這個已經快要變成文藝上的計劃，被人家描寫出來了。

“——你的意思，想同他們鬥一下嗎？”

他的回答不大明亮。或者是謙遜。

“——我的工作是盡做我們的時代的作家的義務而已。我們對於此後會永久消滅的階級的歷史已經封上題目，閉了牠的幕了。我們畢竟是幹清算主義的文學的。但是我們正在這樣作想的時候，眼前又有跟着小資產階級鬥爭的麻煩了。我們又要創造能夠在今明兩日的中間愼步行走的人們。這裏面，新屍是漸漸擴大起來的。但是現在普魯列達利亞的大新聞都設着“勞働通信”欄，勸勵着讀者的寄稿，而在小時間內已把數百的優秀的記者和作家送上文壇了。”高爾基說。

“——今後五年，俄國文學一定完全是這些勞働通信員執牛耳的。”

但是，他也是主張給這些新來者灌入最上的教化和文學的技術的。把言語放在應該從文學的規則放置的地方的特候，插入墨汁裏去的用具的使用法，為這目的，像鐵匠工作一樣的實習是很要緊的。

“——我從勞働通信者那兒接到的信（在意國的時候每天十封是一定有的），雖然也有些錯着字母的，但却都是很有才能。這樣的人們放他兩年看。這些通信的簽名者以後一定不會再有錯字，而只留着他的才能下來。這種人們才是眞有好作家的天質的。”

高爾基此後怎樣呢？現在雖然不大明白，但是他將家[1]做的一定是為十年來在帝政俄羅斯崩壞後繼續生活着的勞働大衆獻他的一身。

列寗曾介紹高爾基說：“為勞働者那麼樣地盡力的普魯列達利亞藝術的最高代表”，“將來一定是能允許我們比從前更大的奉仕的”。

這一篇是從《改造》十月號重譯出來的，裏面有些空白都是被日本的檢閱官删去的，我們只好等到原文到手的時候再重行補上。——譯者附記。

❶ “將家做”，疑為“將做”。——編者註

高爾基訪問記

昇曙夢作　高明譯

九月十六日的禮拜天。莫斯哥的天氣從一早便一回子陰一回子晴的，有時候還下着秋天樣的小雨，但是有時候又止了。今天下午三點鐘，我要去訪問高爾基，這是昨天約好了的。訪問這個文豪，本來是我去莫斯哥的一個預定。但是等我到了莫斯哥，卻聽見說高爾基最近從列寧格拉回來便病倒在床上，謝絕着一切應酬，所以昨天我就和高爾基相識的石田喜與司君商量，請他打一個電話去，探聽一下對方的意思。那知高爾基回答說，希望我馬上就去見他。因為我有事情，所以今天才得去。

今天早晨偶而看了一看《眞理報》的廣告欄，知道今天正巧耶克斯貝利門塔利奴伊戲院在演着高爾基的夜店，時間是從正午開始，演者是莫斯哥藝術劇社。這眞是一個好機會！我想，在訪問高爾基之前先看他的夜店，或者不無有益；所以我就馬上回掉了莫斯哥職業組合主催的書籍展覽會的招待，趕去了那個戲院。等我趕到，戲已經開場了。因為時間關係，我僅僅看了兩幕；但是印象却極深，舞台裝置和日本的築地小劇場的演出是大同小異；至於服裝，却還沒有日本的出色。至於演員的表演，可眞是說不出的熟練自然。

等我從戲院子裏回到 Grand Hotel，做我的領導的石田君已經早已等在那裏了。我們馬上跳上電車，到卡茲洛夫斯基路，下車後步行了十分鐘光景，便看見了馬希珂夫路的左邊的那所宏壯的舊洋樓。高爾基便住在那第一號樓的三樓 A 字十六號。

一開門便是門房。一個比較年輕的女門房給我們去通知了。馬上從鄰室便跑出了中年的男書記，領了我們進去，同時高爾基也走了出來。他身長七尺，樣子非常魁偉，他對我們說了一聲"士拉芙斯士維接！"（這句俄國話，便和英文的"Hullo"[1]相當——譯者註）和我們緊緊的握手，手握手的走進了一間裏面的小屋子，這便是高爾基的寢室兼書齋。屋子是很小很質素，質素得簡直不像世界的大文豪的居室。我圍着窗口的一張圓桌坐下，高爾基的骨格很大，肩部很發達，長得却很瘦，他穿着一件淺黃襯衫，上面套着一件灰色的朴素的上衣。頭髮剪得很短的頭上，戴着一頂在俄國叫做"丘比契卡"的繡花便帽。他戴着一付玳瑁寬邊眼鏡；他的眼睛作透明的藍色有一種說不出的魅人的地方。他的鬍子是下垂的，那是一撇農民風的鬍子，因為害着長時期的肺病的原故，所以他的臉是有點憔瘁；咳嗽的時候顯得很苦惱的樣子。至於他本人，却似乎沒有注意到這些，他的精神很好，簡直不像個病人。或者是病後的關係吧，他的聲音是很低簡直令人再也想不到他從前曾是一個次中音的名手。但是他說的話却是這樣的沉着，這樣的和靜，這使我感得他是非常可愛，因此我才得以和一個親切和氣的老頭子會着面的情緒，無忌憚地說話。

因為我想引起話來說，所以就告訴他，我在二十年前曾經譯過《夜店》，今天看了這齣戲，印象是如何如何。

"我已經有十年不看戲台上的《夜店》了，演得一定很糟吧？"他只說了這樣一句話；他對這個話題似乎沒有多大趣味。我這時候舉眼

[1] "Hullo"，當為"Hello"。——編者註

向桌子上看，桌上堆着各種原稿和許多許多的信札。我當時想，這原稿大概便是他最近的大作四十年代的續稿了；但是一問他，他却說：

“不是的。四十年代現在已經不寫了。這是從各地方的勞動青年寄給我的原稿和信札。我接到他們的稿子，便替他們看一遍，回信給他們，給他們以文學的指導，教他們以文學上的技術。我現在盡心做着這件事。這是我的天職。我在意大利的時候也一樣。我每天接到靠十封這樣的信。”

我聽了這個，想起了謝拉菲莫維奇的話。他說：“高爾基現在雖然住在意大利，却常把握着俄國發生的一切事情。他常一字不漏的讀着俄國寄去的報紙，和青年作家們交換書信；倘若收到了他們的稿子，便躬自指導他們的創作。他對俄國青年的生活，是抱着很大的興趣。”謝拉菲莫維奇的話是不錯的，高爾基和新進作家以及大衆出身的青年文學家們通信了好多年，從來沒有接過信不覆的事。他常應他們的請求，給他們以適當的助言。

我們的話題忽然又轉到了日本的文學美術。高爾基表示很醉心於日本。他批評皮湼克的《日本印象記》，說那只見到一些日本的皮毛，觀察太嫌淺薄。他並且說他早就想到日本去玩一玩。我於是和他談起了去日本的事，我說：

“這一次我同你去好不好？日本的讀書社會早就盼望你去玩；有一個書店，最近還計劃着出你的全集。所以倘若你這方面身體好的話，那末何不這時候去呢？”

“你，和日本書店，以及讀書社會對我的厚意，使我感謝無似。但是馬上要去却恐怕難於辦到。我打算去意大利的索侖特，把這個冬天過了再說；來春櫻花開的時候，我或者可以來。當然這也不能一定，因為我身體不好，非到了來年春天再看不可；倘若各方面的情形允許我來，那末我是一定來的。”接着他便問我，從拿坡利到日本要坐幾十天船？那時候的天氣怎樣？……之類，我一一回答了他。接着我便對他講，這一次我從東京動身的時候，山本“改造社”社長曾請我轉託他替《改造》寫一篇關於東洋文化乃至日本文化的論文，現在怎麼樣；他很高興地答應了這個。所以我就請他最好趕它一趕，讓我回時能帶走。他說：

“這可難了！現在是不行的。你看，我現在為了要回文學青年的信，簡直忙得‘不亦樂乎’；到了十月，又要到索倫特；所以簡直沒有寫文章的功夫。等我到了索倫特，再替你趕起寄去吧！”所以他就叫我把我的通信處詳詳細細的寫在他的小簿子上。

此後，我們又談了另一些問題。高爾基突然很利害地咳起嗽來。我這時候覺得我們坐得未免太久了。拿出錶來一看，四點半鐘却已經過了頭。醫生像是已經在間壁的書記室裏等待着。我從衣袋裏拿出小簿子來，請他作紀念的留字。他於是在上面寫道：

“我衷心歡迎着日本的文學家和俳優來玩。日本的出色的藝術，早就魅住了我，今後我相信也可使我喜歡。一九二八年九月十六日。莫斯哥。M.高爾基。”

寫完之後，高爾基喊書記拿出兩張最近的照片；在那上面簽過字，送給石田君和我。我們表示深甚的謝意，並請他原諒我們的久坐，和他行了分別的握手。高爾基特地站了起來，把我們送到門房口才進去。

我們走出屋外，快要天黑的莫斯哥的巷子裏，秋天的小雨還是在淋着（節譯自十一卷四號《日本改造》雜誌）。

一九三一，三月二八日

高爾基訪問記

藤森　適夷譯

二月，在納波里登陸的次日，相識的意大利人 S，跑到了旅舍裏來，約我們立刻去訪問高爾基。

因為本來約了同去的一個俄國齒科醫生的兒子，忽然發生了要事，不能如約（這齒科醫生是高爾基的朋友，曾參加過長期的革命運動，革命後曾作過一次警察總監，但因和布爾雪維克不洽，逃到了意大利來的），不能不使我稍稍覺得躊躇。

我沒有帶着別的介紹書，特意地跑到蘇連德去（高爾基現住在南意大利風光明媚的、有名的海岸蘇連德。到納波里以前，我還以為他是住在嘉波里島的。他以前的小說母親，便是在嘉波里寫的）。如果碰着他外出不在家，或者不允會面，豈非白跑了一趟。而且前一天晚上去看了聖卡羅的歌劇，實在還沒有睡足，到蘇連德去，又沒有便利的汽船，用汽車繞遠路，單道就得化一小時半的功夫，一定要不少錢。

但是 S 慇懃地勸着，還拉來了一個同高爾基認識的叫做 M 的友人，終於我也下了決心了。

立刻，去叫了一輛汽車來，兩個意大利人和我們夫婦倆，便坐上了車。車子在平坦的汽車路上馳着，一會兒就經過了旁貝廢墟的旁邊。兩側的蘿蔔田上，點綴着意大利式的傘松。不時地，桃樹的寂寞的花苞，映入眼簾。左邊，崇高的惠斯比亞，蒸騰着白色的煙流。

過了旁貝，陸續地馳過了一個海岸的小村鎮。在車中，愛說話的S，不歇地曉着舌，講到意大利的經濟狀況，法西司蒂政府的失策等等——照他說來，意大利現在也正大大的不安着。目前，匯兌市場一金磅已漲至九十二里拉（一里拉約十錢——原註。十錢合中國一角餘——譯者註），如果漲至九十四里拉，一定會發生大騷動了。就是在去年，也豫測着有發生騷動的了。法西司蒂政府，陸續地把金運住英國，好容易才維持了現在的里拉價格。

勞働者一日的工資，名目是有十三里拉，可是其中法西司蒂要橫抽五里拉。因此勞働者所得的，實際不到八里拉。靠這一些，要養家度日，無論如何是不够的。

接着S又講了一個現在意大利流行的諷刺故事。——有一個貧窮的鄉下人，聽傳教的牧師說，只要向上帝去求，什麼願望都可以達到的。正因欠債掉不過頭的這鄉下人，立刻寫了一封給上帝的信，說“請賜我一百里拉吧”。郵局把這信送給了莫索里尼，莫索里尼便由法西司蒂黨部轉交，把一百里拉給要求的鄉下人。但是到他的手時，已只有五十里拉。於是鄉下人又寫了一封給上帝的信：“慈悲的上帝呀！請再給我五十里拉吧。但是這一會請直接送下吧，否則，又一定會變成二十五里拉呢。”

把這個諷刺故事。想為法西司蒂黨員和宗教的密切的關係，更有特別的滋味。

第二個諷刺故事。——在俄羅斯，聽說意大利是一個非常好的去處，狗、牛和驢子，便一處跑了來。但是不多時，狗和牛都歸來了。人家問他們，狗說：“耳聞不如目見。在法西司蒂治下，最無聊也沒有了，連“咯——咯”地叫都叫不爽快的。”

牛說："外面不能出去，一天到晚只是睡覺過活。"

"驢子呢？"人家又問了："只有那傢伙一個兒留下了，現在做了村長。"

在歐洲，似乎一般都把驢子象徵傻子的。

法西司蒂政府，雖然命令人民，告發流布這種諷刺故事的人，可是，自來有着"毒嘴"羅馬人的遺傳的意大利人中間，像這一類的話，還是盛行着。

靠 S 這一番有趣的談話，一小時半的長道，使我們毫不厭悶地過去了。途中，在蘇連德村落的屋前，與眼前斜崖相並的小的露台邊，下了一會車。這一邊的海岸，風景更佳。岸的一邊植滿着白點綠葉的橄欖樹（蘇連德橄欖和橘子，聽說在意大利也是最好的名產）。樹根上洗潑着不像是平靖的冬天的海水的——奇麗青碧的納波里灣的灣水。

於是到了蘇連德的市鎮上，頗有些農村的風味，是一個街市與村落的混血兒似的地方，鎮中船碼頭前廣場中，立着泰索亞的大理石像，這廣場也叫做泰索亞廣場。大概這詩人是生在蘇連德的吧。記得自己學校的卒業論文，曾以歌德的戲劇泰索亞為主題，不禁引起了懷戀之情。

在這兒，意大利人說喝杯茶去吧，於是便在廣場對面的一家小咖啡店前的椅子上坐了。小小的圓檯子上，花瓶中插着一枝現在正盛開的黃色的孱弱的彌摩賽花。這一天恰好是禮拜日。又加之是謝肉節的最後一日，鎮上的住民們，都一邊在廣場上散着步，一邊珍奇地看着我們兩個日本人。

喫了一杯熱咖啡，只一會兒就到了高爾基家的門口。他的家和鎮市相連，據意大利人說，他是買了一所誰家的小別墅。這是一所軒朗的、兩層樓的房子。走進了開在側邊的門，右手便是纏繞着茸茸綠藤的戶口，上面掛着一隻小小的鐘。在房子的一邊，有裝着明棚的天井，四周站着大的松樹，設着小門和亭子。正是在冬枯的沉寂之中，松樹上結着美麗的大松子，這下面便臨着海，實在是一個休養的清靜的勝地。

M 拿着我的名刺（僅是用自來水筆寫的），和來開門的女子不知說了些什麽，女子也說着什麽似的，很纏了些時候，我便走到對着門口的、隔着一條短垣的田邊去（這田大概是高爾基鄰人家的），這其間，剛纔喝了的咖啡，已經變成了小便了。跑回來時，M 對我說，高爾基現在恰巧在家。對他說了來意後，他說很高興和你會面。但是很能說外國話的兒子，恰巧到外邊去了，只好請你等一等，待他回來，已經着人去叫了，至多一小時就可回來了。

特意跑了來，歡喜着沒有空跑的我們，等候高爾基的兒子回來，便散着步，走出門外去。我們又走到先前的地方，走過了黃色和大紅色的村舍，滿路都是蜿蜒着懸崖的橄欖樹。處處耀着檸檬樹的花光。泥路上小石非常多。

我在以前，聽說高爾基德國話說得很好，但是照 M 他們說，實際上他的外國語都不行的。只有意大利語，還可以講，這自然因為他久住在意大利的緣故。——M 又說，因為高爾基死了妻子，時常有許多崇拜他的女子，從各國跑來訪問他。關於他時時和那些女子同棲的事，朋友的齒科醫生也頗非難着他，但是關於私人的事（與日本不同），在一般意大利人，決不認為問題的（德國人似乎也是這樣）。

半睡似的在橄欖林中的散步之間，不覺已過了一小時，我們又回到高爾基的家裏來，可是他的兒子，還沒有回來。沒有辦法，只好在門外道旁，作一會兒的休息。一輛汽車，威勢地馳上坡來，狗一邊汪汪地叫着一邊跑下去。至今為止的靜寂的別墅立刻顯出了生氣。而且一會兒，我們已從門口被領上了樓梯。

上了彎作三曲的、潔白的樓梯，在左手邊的一間房裏脫去了外套，又穿過了一間房子，打開前邊的一扇門，這兒，便是高爾基的書齋。一間很寬廣的長方形的房間，左邊角上一隻大寫字台，挺然地橫據着，上邊堆着許多書籍，蛇形的文鎮和插着許多筆的筆筒等。和寫字枱相靠的兩邊壁上，開着兩扇窗子，窗欄上也滿放着書。與寫字枱成對角線的室的一邊，隔着一扇屏風，便是寢床，寢床是朝着露台的，地板上鋪着瓷磚；雖沒有多大的裝飾，但也算是不很枯寂的一間房間。

我們進去的時候，高爾基已從寫字枱邊立了起來，一個個的跟我們握了手。高身材、闊肩膀的身子上，穿着略有些漂亮的藍色上衣。正是在照片上看熟了的圓眼睛，皺額紋和結着的口邊的感覺。從旁看去作亞麻色的頭髮。同色的，但略被煙草燻黃的大口鬚。潔白的臉色。——是非常良好的風姿。這時候不禁地感到了俄羅斯浮浪人和農民的氣息。總不像一個病弱的老人，而是覺得蓬勃的青春之氣。

握過了手，我們便半圓形地環坐在寫字枱旁的椅子上，他的左手，坐着他的兒子。大概有三十歲的樣子，和父親全不相似，紅光滿面地使人感得是美國人的樣子，於是他與我的會話開始了，可是和高爾基的豫告不同，他的德意志話，似乎也不十分高明，好像自己都沒有自信似的，低聲地囁嚅着。我的德國話又恰好和他相應地不行。說了沒幾句，便只好斷念，讓 S 與他講意大利話，他的意大利話好似非常上手，吶吶地處女般的他，立刻像脫兎似的健躍起來。

通過了這兩人的中間，我便和高爾基會話了。兒子把我們的話用俄國話翻譯了後，高爾基便一邊“唔唔”地應着，把煙斗拿出嘴裏，用俄國話對兒子回答了。照這樣好容易才聽到的幾句話說，他在去年十一月裏，是回去了俄國一次的（以前 S 和 M 都對我說過，高爾基才由半月前到意大利的。那末，他離開納波里的生活約三個月的樣子）。現在身體很好，每天作十小時工作，在寫着《挨爾泰摩諾夫家》的第三卷，為了這工作，至少今年內仍須住在這兒……

我告訴了他的母親，由日本新興劇壇的手，脚色了上了舞台的話，便把一張新築地劇團上演的舞台面照片，送了給他。（這張照片我不是特意帶了來的，是動身時候，來火車站送行的山本英治君送我的，她把幾張自己作主角上演的我的劇本的舞台面照片，特別贈給我，其中慘雜了這一枚。）

接着，我把帶在身邊唯一的一本《戰旗》一月號，送了高爾基，因為在船上翻讀，封面已經有些破碎，我說明這本破舊的雜誌，對於日本的勞働者農民，做着怎樣的工作。高爾基便表示着敬意，說可惜自己不懂日文。

我還說，如果他願意借這類雜誌，對日本的勞働者農民說些什麼話，我是非常高興拿去載在這雜誌上的，就是一句話也好。於是高爾基便在那隻筆筒中拿了一枝鉛筆給我，要我把地址寫給他，以便以後可以寄稿給我。我便把我在柏林轉信的通訊處寫了給他，並說我到柏林至早須在這月底，如果立刻寫去，一時怕不及收到，最好請和那時間相合。

高爾基唯唯着，又說以前有一位日本的記者叫 Kuroda 的來訪問過他，約了把自己的全部著作寄給他的，可是不知什麼緣故，那寄去的郵件又原包退回來了，Kuroda 君一定還以為我失了約吧。我便說，到了柏林後，我碰到 Kuroda 君時一定代為轉達。（當時我以為 Kuroda 一定是朝日新聞社的黑田君，後來才知道是大阪每日新聞的同姓的人。）

高爾基接着又問我日本的情形，但是他也不見詳細熱心的訊問。日本的勞働者農民的運動的現狀怎樣呢？關於這樣的事，好似完全不知道，使我不禁感得有些寂寞。實在，對於這方面，我對高爾基決無抱着多大期待的理由的。但是如果是列甯呢？……這時候，我注視着前邊一對列甯照片上的燃耀似的眼睛，不禁這樣想了。像這樣的光只沒頭在小說中的高爾基，怪不得在法西司蒂政府下，有居住的自由。本來似乎也說過，長住在蘇連德也不很好。

於是，我把日本政府禁止我通過俄羅斯的事告訴了他。高爾基便微微地笑着，叫兒子把一九三〇年版的俄羅斯寫眞簿拿了來。他兒子把照片簿展開在我們的面前，把俄國工場的新設備、公共宿舍等的圖面，開始一一的用意大利語指示給我們，S 從旁向我翻譯着。可是並不使我甚樣在意。因這本簿子中的噴白烟的大煙突等，都已在去年《戰旗》卷面上發表過的。已經擾了他不少時候（已經過了一小時），不一會我們便起身告別。高爾基父子，又向立着的我們伸出了手來，覺得高爾基的手，很大而且很粗糙。

這時候發生了一件事。突然 M 一只脚向地板上一曲，用嘴唇去吻高爾基伸出着的手指，高爾基不知說了些什麼，連忙把對手扶了起來，只和他握了一握手。這的確是一種異樣的光景。

我們重新下了樓梯，乘上了待着的汽車，已經是傍晚時候，四周的村舍，已燿燦着光了。越過納波里的彼方，惠司比亞山在紫靄中冒着煙氣，說這是世界三大夜景之一，從納波里越過半高的山時，燈火已燦爛着花燈般的光輝了。南意大意[1]的晚風的確是冷的，我不覺把身上的外套裹緊了一點……

此後三月初，我們夫婦倆到了柏林，到大使館去問郵件，已有不

[1] “意大意”，應為“意大利”。——編者註

少信件等待着我們。但是沒有高爾基約定的東西。很有條理的分着類，用 ABC 排着順序的放信的地方，我也去探查了，可是仍然沒有。

或者是途中失誤了吧？還是高爾基的藝術家態度的疏忽，總之，S 這通譯，不能十分明晰的緣故吧？——一九三〇，三。

一九三〇，四月譯自《朝日新聞》

托爾斯泰印象記

高爾基作　陳瘦竹譯

很熱的一天，他從低路上追着了我。他正向着列范狄歐去，騎在一隻很小的韃靼馬上。帶了一頂淡白色的菌形的氈帽，頭髮篷亂而灰色，看樣子眞像一個土地神。

勒住馬，他高聲招呼我，我在他旁邊走着，沒有談及別事，我首先告訴他，我剛剛收到郭洛倫可底信。

“他相信上帝嗎？”他問。

“我却不知道。”

“那就是說，你對於他底第一件就不知道。他是個信仰上帝者，不過，在無神論者之前。他不怕承認。”

他說話用一種忿恨及不耐煩的聲音，而且將半開的眼忿怒地向我注視。他不願跟我講話，那是很明顯的，但當我表示要走開時，他叫住我。

“你到那裏去？”他問道。我走得不太快吧？

接着他又埋怨起來。

“你們底安特列夫也怕無神論者，不過，他，也信仰上帝——而且上帝使他敬畏他。”

當我們走到羅孟諾夫公爵底田莊那邊，我們碰到羅家三人，他們正站在路上談話，被[1]此靠得很近。一個叫杜團，另一個叫僑，第三個叫尼可萊——三個都是強有力的人。一輛單馬車塡在路上，還有一隻駕好了的馬站在一邊。托爾斯泰通不過去。他苛刻地責望地看着羅家三人，但是他們呢，在他走近之前已經轉身過去。後來那隻駕好了的馬吃驚地跳開，讓他底馬走過去。

靜默地走了幾分鐘，他喊道："他們到底認識了我，那些傻瓜。"過了一回，又說道："那隻馬知道對於托爾斯泰一定要讓路的。"

* * *

"首先留意你自己——人家底閑事正事多着呢。"

* * *

"當我們說我們'知道'，到底是什麼意思呢？當然啦，我知道，我是托爾斯泰，一個作家，我有太太，孩子，我有灰色的頭髮，醜的臉，還有鬍子——這些都是寫在護照上的。但是我底靈魂呢，護照上沒寫一個字，關於靈魂呢，我知道這樣：需要接近上帝。"

"但什麼事上帝？我底靈魂是上帝底原子。就是如此。凡是一個善於深思的人，覺得難於相信；不過，衹是從忠實中，才能信仰上帝而生活。所以段秋林說：'思想是罪惡！'"

* * *

雖然在他底單調的說教之中，無限的變化却可以從這個幾乎是傳奇式的老人身上發現啊！今天，在公園裏，他跟一個回教學者談話，他那種態度，眞活像一個聽信別人的單純的小農，對於他呢，應該想到末日的時候已經來了。在他旁邊，是個肥碩的韃靼人，他覺到那大身材底存在，連忙縮攏，他底行為活像一個小老人，本來埋藏在他底心靈深處的事件，現在醒了過來，而且這位小老人還害怕那些因"醒"而

[1] "被"，應為"彼"。——編者註

或許會引起的問題。

他驚異地抬起他底多皺的眼皮，明銳的小眼胆小地閃着，正在熄滅那種不可忍的尖利的在眼中燃燒着的火。他底無所不見的眼睛釘在回教學者的闊臉上，那位學者消失了使人昏亂的敏銳。

向回教學者，他問些幼稚的問題，若於人生底。靈魂底，上帝底意義以一種使人不信的健捷，將《聖經》底，預言的詩去代替《可蘭經》。總之他底行為是表現一種驚人的技巧，這種技巧衹是一個大藝術家兼大聖賢才幹得來。

再有，幾天以前，當他談到丹尼乾夫及秀勒底音樂時，他像小孩一般的眉飛色舞，你可以看出他對於自己底熱忱很覺愛慕，或者說得確切些，他是很善於熱忱的。他堅執着說叔本華嘗過關於音樂的文字，比誰都要聰明而深刻；告訴我們一個關於拂忒底喜劇的傳奇，將音樂描寫做“靈魂底啞的禱告”。

“為什麼要說‘啞’呢？”秀勒問。

“因為不用文字之故。在聲音中的靈魂要比在思想中的多。思想好像一個錢袋——裏面裝的是錢，不關重要的東西，聲音呢，從未被污過的——完全是純潔的。”

用一種喜現於色的單純的美麗的字眼，他表示他底意見，選擇——這一點是他底不平常處！他所能想到的最文雅最溫柔的。出乎意外地，微笑在他底鬍子裏浮動，和軟地俏皮地低聲道：

“所有的音樂家都是笨人！愈有天賦的，便愈淺薄。他們都要如此之虔誠，那就很奇怪了……”

* * *

有一次！他打電話給柴訶夫過：

“今天！在我，是一個很好的一天；我底靈魂中是如此的充滿了喜悅，所以我要你也如此的高興。特別是你。你是一個很好的人，一個很好的人。”

* * *

要是你把對於他沒有用的事跟他談，托爾斯泰聽時表示很冷淡而且不信之意。事實上他决不會請問你——祇是探訊。好像一個古董收集家，他收集凡是可以跟其他所收集的放在一起的東西。

* * *

有一天，他正將他底信分類：

“這些使我弄昏了頭”，他說“還是作品之類。但是到後來，我死了一年半載，別人將說：‘托爾斯泰？啊，這位公爵想賺錢；後來，他碰到了一些奇怪的事。你所講的就是那位嗎？’”

* * *

有幾次，我注意他底臉龐，他底神氣，看出一個人的狡滑與滿足的微笑，那個人忽然發現了自己已前所隱藏的東西，他隱藏了它隨後忘掉了它。但是在什麼地方呢？因為不能告人的怨恨。他化費了長久的工夫，不斷地思索：“在那裏啊，我所急於要用的東西，究竟放到那裏去了？”他很恐怖，怕四圍的人要看出他底怨恨，而且知道了他底損失，無論如何要去麻煩他或傷害他。接着他記起了，找着了它。對於他底成功，非常高興，不復怕被別人看出他的感覺，他守望着四圍的人，用一種狡滑的微笑，要似在說：“現在你們不能傷害我了！”

但是他所找到的是何物，而且在何處找到的！依然是一個祕密。

你要思索關於他的一切，那是不會感到厭倦的，但是總想常常跟他見面。在我個人呢，要跟他住在同一家庭內，簡直是不可能的，不要說住在同一房子裏。他底四圍，變成了像一片沙漠，在那裏一切被日光所焦死，而且日光本身呢也漸燒毀，一個黑暗而永久的夜就此將至。

柴訶夫印象記

高爾基作　陳瘦竹譯

我底熱度比平常高已有五天了，但想到要輾轉牀蓆，眞叫人厭恨。

細雨混着輕塵，在地上閃閃發光。我可以聽到劈拍劈拍的槍聲從依科營傳來！敵兵正在攻打他們。探海燈的長舌在夜間舐着浮雲；這眞是擾人的光景，因為如此一來，使你不會忘掉這個魔鬼底創造——戰爭。

我正在讀柴訶夫底作品。要是他不在前十年死呢，這次戰爭定會把他殺死的，以對於人類之仇恨首先將他毒死。現在我聽到了他底葬儀。

莫斯科的人們所十分愛慕的這位作家底棺材裝在一輛綠色車子裏，旁邊刻着很大的字："為了牡蠣"。想要瞻仰這位作家底遺容的羣衆擁擠於車站；有一部份人誤隨於新從滿州運來的克爾安將軍底棺材之後，而且萬分驚駭為什麼柴訶夫葬時要用全部軍事儀仗。等到發現了這個誤會時，一種生來樂天的人，便開始喧笑。至於眞的柴訶夫底棺材呢，衹有百來個人送喪，再沒有多的了。我特別記起那個穿了新鞋，結了華麗的領帶的律師，顯然他們是某某小姐底"未婚夫"，跟在他們後面，我可以聽到麥卡在討論狗底聰明；另外一個我不認識的在誇言他底鄉下的房子是多麼舒服以及它底四圍是多麼美麗。一個穿淡紫色衣服的婦人，帶一把飾有花邊的傘，正想說得使一個帶大眼鏡的老者相信這位已死的作家底價值。“啊，他眞是了不得的漂亮，如此聰明！”老者咳聲嗽表示不信。那天很熱，灰塵也多。在行列之前，一個大而胖的警察，威風凜凜地高騎白馬。一切都表示極度的凡庸與粗俗，與對於一位偉大而精美的藝術家之紀念，恰恰相反。

* * *

在給一個雜誌編輯者秀伏林的信上，柴訶夫寫道：

“為了生活而作乾燥無味的爭鬥，因此榨盡人生底樂趣變成冷淡無情，說起來，恐怕世上再沒有比它更厭倦而無味的了。”

這句話表示一個強烈的俄人底思想，這個，我底意見，覺得不是柴訶夫底特質。在俄國一切都有，但是一般人們缺乏要“工作底本身”的心，大多數人作如是想。俄人羨慕力量，但是覺得難於對它相信。一個作家具有活潑之心的，例如賈克倫敦，在俄國是不可能的。雖然他底作品在此地很風行，但我並沒找到那些作品能夠激起俄人底實行的願望；它們衹能刺激一下讀者底想像而已。

從這個觀點看來，柴訶夫不是強烈的俄國式的。他底幼年便開始了“生活的爭鬥”，做苦工以及齷齪的常生活，苦心焦盧地去找麵包——並且不僅為了他自己；因為他底家庭需要一塊大的麵包。為了這些毫無樂趣的瑣事，他消磨了他底青春之力，但我們對此很可驚異，他怎樣還能保持詼諧之態。他現察人生衹是為了要來滿足與和平的暗談[1]的希望；人生底偉人的戲劇及悲劇是隐藏在日常生活後面的很深的一層。衹是在他能够喂飽？四圍的向他傳開着的嘴，而自己不必分心於生活以後，他才能投他底眼光到那些戲劇上去。

我從來沒有知道第二個人像柴訶夫一樣覺得工作的重要是如此深刻與富有理由？他以為工作是一切文化之基礎。這種感覺，充分地

❶ “暗談”，當為“暗淡”。——編者註

表現在他一生的瑣事中：在習慣上，在對於事物的選擇上，以及對於別人底工作的高貴之愛慕上；他不知有改正那種工作的願望，祇是當它做人類底創造精神之產物不倦他愛慕它。他喜歡造房子，開花園，點綴大地；他感到工作之詩意。對於他自己種在花園裏的菓樹，灌木是多麼耐煩地在守着它們的生長啊！在奧脫卡的他底房子四圍，都是樹木，他常常說：

"要是每個人在他自己地面上盡力點綴，那末世界將變成多麼美麗啊！"

我嘗開始寫一篇戲劇，叫做《凡斯加・波克累夫》有一天我將凡斯加底美麗的獨語讀給柴訶夫聽：

哈！要是上帝嘗賦我以更大的力量，
我便吸一口很熱的氣！使冰雪溶化！
我要走遍世界，將大地完全播佈！
我要年復一年地工作，建築一個又一個城市！
造起無數的教堂，開闢不盡的花園；
我要點綴大地好像一個嬌艷的姑娘；
將它懷抱在臂中！好像是我底新娘，
將它舉到我底心頭，帶給上帝：
你看！我底上帝，在這大地之上，
你看凡斯加怎樣點綴了一番！
你看一下，我底上帝，跟我一起舞蹈，歡欣！
你看在陽光下它閃爍得多麼光明！
上帝，我將把它獻給你，當做一種佳禮！
祇是——不——不興不興——我自己也十分喜歡它！

柴訶夫十分喜歡這一段獨語，興奮地咳嗽，便對我以及同時在場的亞求克新說道：

“眞不壞！很眞實，很近人情！在這裏包涵了一切哲學底至理。人既已將大地當作可以居住的地方！那末他更應該為了自己將它弄得很安適。”

用一種固執的肯定的神氣，他點點頭，重復說道：

“人應該如此。”

他請我將凡斯加底美麗的一段再讀一遍。我依了他，他聚精會神地聽到末後，他批評道：

“末二句是不必要的！是無關係的。那個是無需……”

* * *

關於他自己底文學作品，他說得很少而且很不願意；我應以一定的純潔與像他談起托爾斯泰時所用的那種謹愼來補允一點。眞是難得，當他快樂的時候，他會含笑地告訴我一些作品底復稿！總是很詼諧的。

“你知道，我正想寫一篇關於學校教師的文章，她將成為一個無神論者，崇拜達爾文，而且確信有與一般人底迷信及偏見奮鬥之必要——不過這却不能阻止她半夜裏在浴室內煮熟一隻黑貓抽出某一根骨頭來，這根骨頭大家以為是一種有效的愛之魔力。”

他所寫的戲劇都是很“灰色”的，我想，他眞實地相信他所寫的戲劇確是灰色的。或者這是受了他底影響，所以莫可沙夫常常固執地說：“柴訶夫底戲劇在舞台表現時，應該當作為抒情的喜劇。”

一般地說！他努力文學是很正經從事的！這一點特別使人感動，在他顧及新近作家時，用一種使人驚異的耐心，他仔細地校談臘柴勒甫斯基、奧立其以及別人底草稿。

“我們需要更多的作家”，他常常說。“在我們國內文學依舊是一個新生的幼孩，要挑選也挑選不來。在挪威每二百二十六人中間就有一個作家，而在俄國呢，祇是十萬中之一而已……”

* * *

他底病，有時使他成為憂鬱，而且反乎常規的人。在這樣的時光，他會對於自已底判斷、怨恨、待人接物時時變更。有一天，他躺在榻上，一邊在咳嗽，一邊在頑弄一個寒暑表，他說：

“為了我們會死的而生活着呢！那眞不痛快；知道了我們將死，於我們應該死之前而再生活着，那眞是再傻沒有了……”

再有一次，坐在窗口，望着很遠的海邊，忽然他發怒道：

“我們已習慣於那種生活，希望好天氣、豐年、稱心的戀愛、成為富翁或者連絡官僚；但我從未碰到過如此的人，他希望自已格外聰明一點。我們想‘在一個新的皇帝之下，事情就會變好，而且在二百年之後，會變得更好！’但是沒有人願意麻煩自已將事情在明天弄好。雖然生活一天一天的複雜，以自由意志向前進行；同時人類呢，一天一天的呆笨，很多很多的人祇是生活底外表上弄得亂七八糟。”

他沉思了好一回，接着抬起眼皮。他再說：

“好像在教堂裏行列中的殘廢的乞丐。”

他是一個醫生！醫生所感受到的病的苦痛要比一個病人難於忍受；病人祇能感覺到，而醫生呢，在感覺之外，知道那些破壞他底器管的過程，在如此一種情形之下！我們可以這樣想，知識可以速死。

* * *

當他笑時，他底眼睛很好看：温存，俏皮，柔和像女人底一樣。他底幾乎是無聲的笑，眞是不同尋常。你可以在笑中看出他是很快樂而且有何含意；我從沒碰到一個人，他可以笑得如此含有——若我可以說的話，“精神底意味”。粗俗的趣事不會引起一個微笑。

一天，他很快樂笑着，對我說道：

“你知道為什麼托爾斯泰對你的態度如此變更了呢？他是妬忌，他以為秀勒傑次基喜歡你遠勝於他。是的，不錯啊，他昨日對我說：‘我不能眞心待高爾基，為什麼要如此，我也莫名其妙，但是我不能。知道了秀勒他在一起，甚至使我很不高興。這件事情對於秀勒很不好。高爾基是個凶惡的人。我記得他是一個學神學的人，被強迫着違反了自己底意志去戴了那頂皮帽，因此變得對於每個人都很苛刻。他有偵探底靈魂。他走到樂園裏來，他覺得自己是個陌生人，於是守望着在他週圍所進行的事，注意每一個人物，然後將群情報告到他自己底上帝那邊去。他底上帝是一個怪物，有些像半人半馬的森林之神，或是像河神，總之跟你在農婦底神話中所聽到的一樣。’”

柴訶夫在講的時候，笑着一直笑到眼淚流下來，然後揩乾了眼淚，繼續講下去：

“我對他說：‘高爾基是一個很和善的人！’但他反對道：‘不，不是的，我看破了他！他有一個鴨子底鼻子——衹有憂怨的凶惡的人才有這種鼻子。女人呢，不會愛他的，女人也像狗子，能够嗅得出一個好人。秀勒呢一那是另外一件事——他有一種可貴的德性，能够汎愛衆。在那方面他是一個天才！知道怎樣去愛——便是知道了一切。”

柴訶夫停了一回，然後接下去說：

“是的，那位老先生是很妬忌的……他是多麽奇怪的一位老先生啊！……”’

* * *

他談到托爾斯泰時，兩眼總是帶着一種特殊的、難於看出的，然又温存的、顧慮的微笑，把聲音放得低一些好像說些神秘與仙異的事情，這些事情是需要柔和的、謹愼的字句。他常常抱怨為什麼沒有一個安克曼在托爾斯泰身旁，沒有一個人他能夠本身良心地記下那位老妖怪底尖刻的、突然而時常的矛盾思想。

“你應當担任這項工作”，他對秀勒傑次基說，“托爾斯泰這樣喜歡你，跟你講話講得如此投機，而且告訴你好多話……”

關於秀勒，柴訶夫有次對我說：“他是個聰明的孩子……”這句話是很對的。

* * *

一天，托爾斯泰在快活地談起柴訶夫底作品，我想那篇是《德興卡》。他說：“這個像一位純潔的少女所做的花邊；在古代也有如此的花邊作者；他們將他們底生活、幸福的夢描寫在花邊底綿紋之中。他們夢到與他們親近的一切，將所有的純潔與無定的愛織在花邊裏面。”

托爾斯泰說時，現出強烈的心底悸動，滿眼是淚。就是那一天，柴訶夫底熱度增高，他正坐着，臉上現出紅色廻光，他低了頭在細心地揩他底眼鏡，他沉默了好久，隨後他長嘆一聲，低低地害羞地說：

“那本書上印錯的地方很多……”

* * *

關於柴訶夫底事可以寫得很多，不過那個應當用一種優美而細膩的文筆才能表現出來，可惜我自己不會。要記述他最好用像他寫《草原上》那樣的態度才算合適，那篇故事有一種奇異的氣分，如此的輕淡，如此的幽悒，富有俄國風味。一篇故事——正是為了自己。我們可以得到這樣一種好處，記憶着如此的一個人，便可以給我們以新的活力，一種明白的確定的意義。

不論人底罪惡缺點，人總是世界之中軸。我們要若饑若渴地愛慕我們的同志，當人在餓的時候，一塊沒有烘熟的餅子也是甘美的。

一九三一，十，譯於武漢大學

英國

蕭百訥訪問記*

宮島新三郎作　高明譯

我早就有意思會一會蕭百訥。但是我要會的並不是戲曲家蕭百訥，而是社會主義者蕭百訥——站在運貨馬車上，使着倫理的劍和機智的鎗，哄動着聽衆的蕭百訥。我這樣說，並否就是我對于他的社會主義思想有怎樣的敬仰，其實對于他的社會主義思想，我是一點敬仰的意思也沒有的，因為我覺得他無論怎樣洩漏着社會主義的口吻，到底總沒有脱去布爾喬亞的意德沃羅基。但是我看見他進了費邊社之後十幾年來的驚人的活動，都抱着一種憧憬。所以我想，倘若辦得到的話，我一定要看一看站在運貨馬車上演說的蕭百訥。

這個願望是終于沒有達到；但是我却和演說台上的蕭百訥接觸了，並且還曾和他相會，我第一次談笑得很久。我第一次看見他，是在費邊社的講演會裏。那一次一共有六個人演講，演題是“社會主義共和國裏的自由和權力”，從一九二五年十月二十二日至同年十一月二十六日，每禮拜四演講一次。會場名叫金斯威廳；估計起來，約可容納一千個聽衆。第一個禮拜四，是羅素的《社會的自由》，接着便是拉斯基的《政治上的自由》，維布的《經濟上的自由》，林賽的《創造和實驗的自由》，女議員羅斯林、米智爾的《家庭的自由》，而最後，便

* “蕭百訥”現譯為“蕭伯納”。——編者註

是蕭百訥的《自由的可能》。

我第一次瞻仰到蕭百訥的風貌，是在那講演會的第一天——便是羅素講演的那一天。那一天天氣很壞。刮着大風下着大雨，我因為路上有了躭擱，所以到會場去稍為晚了一些。我到那裏的時候，主席托尼氏正在介紹着羅素。在講台的左後，是坐着那些費邊社的社員。而在其中，便屏雜着羅素夫婦、維布夫婦。在維布夫婦旁邊，是坐着一個白髮老紳士；他很端正地穿着一身雙排鈕扣的洋服，把兩手交叉在胸前。他的髫鬚也作白色，臉子很長，而眼睛則意外地小；他的睫毛很粗，向上吱着。全體的印象，是一個富于溫淸的好老頭兒，而不是一個嚕嗦的叟者。他坐在那裏，沒有一刻安靜的，不是抖着雙腿，便是摸着髫子，羅素講演完了之後，主席便預備叫聽衆自由發問；而第一個跳起來喊"主席"的，也便是這個好老頭兒蕭百訥先生。他的質問題目是"怎樣才能夠在孩子們的心裏培植階級意識"。他的聲音，並不是什麼玲瓏而透僘的聲音；而毋甯是一個模糊而渾濁的聲音。羅素對他的質問，給了一個回答。此後蕭百訥便又說了一兩句話，聽衆聽了都笑了出來。這大概照例還是一句什麼警句吧，可惜我沒有聽到。固然他的探子未必不像做戲，但是這絲毫也沒有使我生起不快。我覺得他是一個好玩的老頭兒。

終于，該輪到蕭百訥演說了，當時的印象，我的日記裏記着所有，現在就引用在這裏：

"26th……今天是 Fahian Society 的講演的最後一天。講演者是 Bernard Shaw，講題是"The Impossihilities[1] of Freedom"。這個題目，這最非去聽聽不可，固然也有一部分說蕭百訥的全盛時代是過去，但是他的風頭還是很健的。我照規定時間到 Kingsway Hall 去；到那裏的

[1] "Impossihilities"，當為"Impossibilities"。——編者註

時候，等着買門票的人已經排得很長很長一條，這種光景，實前五四講演所未有。蕭百訥登台開口便說，他所以要以否定容形去定他的講題，是為的要打破“布利東人是終身自由的”這通有的觀念。這使聽衆聽了，笑了個前氣不接後氣。講題的大意是說，所謂個人的自由，不外指時間的寬裕而言；倘若這個寬裕能夠辦到，那末所有的組織都會發生變化。此外，他還論及政治問題、結婚問題、避妊論、教育、宗教，這可以說是一個榴霰彈的演說。蕭百訥實際並不是一個像一般所說的那樣的雄辯家；他說話的時候，毋甯是斷斷續續的。因為他的聲音很模糊，而講的時候又加了許多許多的抑揚，所以弄得人家聽得莫明其妙的地方很多。但是聽衆却還是專心致意的聽着他。——這個，並不是為了內容論旨的緣故，即是為了連發的警句，頓智和俏皮話的緣故。他演說時的神氣，有些地方很像日本的雪嶺博士。總之以書本上慣載着的警句和頓智的連發“使聽衆喝采叫好，這便是蕭百訥的拿手。他同着他穿得很闊氣的老婆來到社會主義的講演會場，而夾着俏皮話和警句做着空虛無謂的講釋；而聽衆則忘去他的空虛無謂，哈哈大笑着。我記得日本的河上博士在《回着祖國》裏說蕭百訥的講演乃是高等說書。這話固然未免太刻毒了一點，却也並非無理……”

* * *

一九二六年某月某日，我在斯托蘭的愛賽克斯廳正式會到了那蕭先生。蕭先生以親切的口氣問切，前幾年日本受了大地震的打擊，現在復興了沒有。此後就便說：

“你的作品在日本風頭眞健極了。”

“大概是因為我嘲笑着英國人，捱苦着英國人的緣故吧？”蕭百訥說。

“不是的，那是和英國人喜歡看《聖約翰》一樣的心理。”我說。

“我曾接到一個日本人的信，請我許可排演《聖約翰》，那樣的東西，日本人愛看嗎？……”

“日本人之喜歡奇蹟，是在約翰之上。‘西風喲！西風喲！’那一段，確實是被歡迎着；因為日本也有伊勢的神風底奇蹟。還有約翰賭着生命以赴闕難的思想，也完全和日本人的胃口相合。那篇東西簡直便和專為日本人而寫的一樣。”

我們儘是這樣談着，簡直沒得完。我一本正經的對他提出要請他回答的問題，結果他也衹報告我以警句和俏皮。所以後來我也死了心，伸手給他，謝謝他和我談得這樣久，蕭百訥伸出他的毛手，和我緊緊作握，他叫我有機會再去看他，我說“一定這樣辦！”便和他分別了。

一九三一，五，十五

節讀自著者送我的《現代英國文藝印象記》

德國

雷馬克晤談記

法國Frédério Leférre作　由稚吾譯

《西線無戰事》的著者雷馬克從來沒有接見過訪問者流的人物，而且永遠也不接見。他幾次對我表示好感，據云如果他破了例，那便是我的幸運，但是我不相信他會接見什麼人的訪問的。

雷馬克愛法國，愛巴黎，他幾次游歷我國。自從我們成為朋友，我們常常見面，作長時間的談話。談話時，他只把我當作一個朋友，决不把我當作《新文學》的總編輯，所以我如果把最近一次談話逐字記下來，或者會傷我們的友情，受他的責罵。但是從各方面我都可以斷定，我決不會傷他的情感。反而我相信在這樣全歐認為極嚴重的時代，我來議論一番為和平說話的公論，當今在全世界享着盛名的作家所提出的口號，使國際間相互諒解的口號，我覺得這倒是我的責任。

不久前一天，雷馬克正同我們的知友赫爾士暢談着，赫爾士那時正預備刊印一本名為《希提勒或勇士》的書。這兩個德國人，雷馬克和赫爾士正談着調停德法感情的使徒，赫爾士正在編輯他的著作的海湼。我才走進去，赫爾士便叫起來，“啊，勒弗雷來了，他這個人能用公正的眼光，批評一位偉大的詩人，被莫克萊的偏見侮辱了的大詩人。給我們一篇海湼的眞傳記。”

“莫管什麼莫克萊”，我回答道，“我們又有更有趣的問題哩。政治史家赫爾士刊印關於却提萊的著作那天，我倒希望他的朋友，才從德國來的雷馬克對於這奇人，發表一些獨特的意見。”

“勒弗雷，你錯了”，雷馬克說，“我對於希提萊沒有什麼意見。他這人到底如何，我也不明白，我從來不問政治問題的。老老實實的說。因為我相信政治問題是太大，太複雜，太難於了解了，唯有專門從事於政治事業的應該過問牠。至於我，我只預備做一個作者。更進一步說，我相信一個愛公正超乎一切的人，決不能做個政客，政治只是權力的問題，權力均等的問題。一個愛公正的人，不能談及政治，因為他才開頭，已經就變為不公正了。”

“無論如何”，我回答道，“你總注意到有一種熱望很使現代的法國作家痛苦，有些甚至在剛才宣佈休戰的一分鐘間，就毫不猶疑的把手伸給德國的作家們，表示親熱的友情。你對于這種熱望，作何答復呢？”

雷馬克想了一會兒，用他那雙熱情的美麗的藍眼對我看了一陣，又凝視看赫爾士，這才說道：

“我親愛的勒弗雷，我只有一件事對你說，但我是十分相信這件事是眞的。我從我的靈魂，從我的良心上，敢說德國沒有一個人是希望戰爭的。”他歇住了，似乎在想着他沒有完全使我信服似的。“德國人的靈魂上，決沒有一些希望戰爭的心理。”

“你說的話很感動我”，我回答道，“因為那是無容疑議的話。法國人，只要讀過你的《西線無戰事》的法國人，無有不能完全信認你對德國人的判斷。但是告訴我們，你那本燦爛的書出生時的環境怎樣吧。”

“勒弗雷，你常常把我當作作家看待，總使我非常不高興，我是一個尋常人，是你的朋友，正像我是赫爾上的朋友一樣，這便夠了。我們與別人一樣有同情心，並不因為我寫了《西線無戰事》，你是《新文學》的總編輯。我累次向你說，我根本沒有自信自己在文學上有什麼地位，說得我真有些厭倦了。如果我寫了一本書，只是因為我同我自己討論一個感動我個人的問題吧[1]了。我完全是一個尋常人。”說到這兒，雷馬克微笑着，一面望着赫爾士。“我親愛的朋友，是我該用‘尋常’兩個字嗎？我同數百萬尋常的人一樣尋常。更放開說一句，我還相信我的問題，也正是其他數百萬人討論着的問題。我不管我所作的書到底有趣沒趣。我只要求牠給我個人一個解決。”

“那末”，我問道，《西線無戰事》的中心問題是什麼呢？”

“我從來沒有想到這一本書，就是開始寫的頭一晚，我仍沒有夢想到這樁事。第二天下雨，我不能出去，獨坐在屋裏，想來想去，雖然我身體很健康，我的物質生活也不算壞，一切也很滿足，為什麼我總覺得有些不可思議的神祕，使我茫然，難受。我為什麼孤獨，這樣的孤獨呢？如何在這樣的情狀下的話，我也記不清自己問自己問過多少次了。

“我慢慢在腦中搜索，記起戰時的事，那時我不孤獨，我有同伴們在一起。雖然我在戰時所愛的同伴精神上，知識上，都不及我，然而他們終是我的同伴，我愛他們。我覺得自己十分與這些人親近，其程度超乎一切在常人中所能感到的。到這時，我一想到由戰爭造成的同命者，不基於知識程度，在精神上的共鳴，我覺得，如果這時候能遇見幾個殘生的同伴，我會同廝殺時一樣愛他們，如果事實換過來，我是第一次遇見他們，那末我會漠然不動。

“這一切漸漸在我腦中清晰起來，我想用筆把牠更表現的深一層。所以，我並沒有什麼靈感，我根本就不相信文學上所謂的靈感。如

[1] “吧了”，今作“罷了”。——編者註

果我能細心把以前的事想想，我在戰時的生活究竟怎樣，這一切，只須用我在十七歲半便從軍的事實解釋，就能明白了。這到底是怎樣一個動的時代啊！人在十七歲時到底想些什麼，這正是開始讀書，開始了解音樂的時候呀。在我哩，我夢想着將來要做一個作家，而眼看着的是自己被送入軍營，只幾個星期後，就被派到前線去。夢想生活的時期，突然告終。書沒有了，音樂沒有了，精神上的寄托也沒有了。只有大礮的隆隆聲，受傷者的呻吟聲。我滿心感到我的生活是變了，所去的道路也與我所夢想的一切向背而馳了。

“那時候，我熱心、奮怒，也同其他的德國青年一樣有一種強烈的愛國心。我們這些十七八歲的孩子，覺得我們是為解救世界而戰，為解救文化而戰。現在，我知道，英法的青年也是這樣作想。只是前進，前進啊！戰爭是太可怕，太長久了，使我不得不想。廝殺過後，我看清了一切的醜惡，然而，還有一樁事我終不明白。

“我親眼看見我的好友肚腹破爛，倒在污泥裏。這才眞是使人不能忍受的事，不可思議的事。然而，更不可思議的，還有一樁事：竟要經過如許時日的非戰運動，我如許久的思索，才看清這種事的殘酷。在戰時，我內心有兩種相等的情感衝突着。在我看來，戰爭是解救文化的手段；但在另一方面，我又感覺到決沒有什麼事值得死這許多人。後一種情感佔着優勢，直到今日仍是這樣。

“如果時時有許多德國人罵我是不愛國的奸人，原因只在於同時既要愛國，又要相信戰爭並非使人類進步的好方法，乃是絕對不可能的事。”

“我親愛的勒弗雷”，赫爾士突然插嘴說道，“要完全了解雷馬克，應當明白他生在阿斯納布魯克（Osnabruok），生在西發利亞，而西發利亞……”

雷馬克微笑着，打斷了他的話。

“是的，我親愛的赫爾士，我知道你往下還要說些甚麼。西發利亞的居民都是愛和平的人，都很愼重，對於所做的一切事，多下一番思索，都覺得為人可以愛全人類，可以盡自己的力量，做一番事使國際間互相了解，而同時又可以愛自己的國家，超於其他諸國。”

雷馬克送我們兩枝埃及香烟，我又送他幾支法國香烟。他會急燥起來。

“人家告訴我，這種烟太凶了”，他說，“不幸，我又非注意我的健康不可。你們知道，我因為肺病的關係，曾在瑞士住過六個月。《西線無戰事》公論成為成功的作品，我就避居到瑞士去了。這成功，不惟當時使我驚訝，卽是目前，還使我非常驚異，因為我覺得自己並沒有著作什麼書。我還沒有到瑞士，我的出版人就來信告訴我，他正搜集一切對於我的批評，而且預備寄給我。我當時立刻就叫他別作這樣的事。日子還多得很，不是”，我們的朋友微笑了一笑，“到我五十歲時再幹這樣的事也不遲吧？我怕我讀過那些東西，會使自己驕傲起來，如果那樣，無論如何也會使我失敗。”

“我決沒有讀一篇批評我的文章，更沒有接見過誰的訪問。我始終不明白，為什麼大家都要我表示一點什麼意見，其實我靈魂上最好的啟示，都表顯在我那本書裏面了，說到我那本書，好處只有一樁——就是使我生活獨立了。除此而外，不惟沒有好處，反而有許多壞處，我許多朋友，尤其是青年朋友，被牠拆散了。

“實際的事到底怎麼？在我未‘成功’之前，許多朋友對我都很親近，而現在哩，我決意去訪問他們的時候，再也得不到從前那樣的親熱了——他們招待我時，總有一羣我不認識的人，把我似乎看作一種奇怪的動物。我常常苦問自己，他們來拉近我，到底純是為了他同情於我個人哩，還是因為我得到一點什麼‘成功’，以為同我這樣一個人見過面，就可以誇耀一下哩？從前，我六個月旅行後回來，我的朋友們都非常歡喜，並且舉行了一次宴會。於今他們是更敏感了，只要我少少疏忽一點，對於某一二人沒有關切到他們就會輕視我。勒弗雷，我老實告訴你，於今我真是陷入苦境，比從前更難過百倍了。”

“德國公使你見過嗎？”赫爾士問道。

雷馬克露出一副厭惡的神氣，引得三人都大笑起來。

“我見他幹什麼？”他問道：“如果在我沒有得到我視為一錢不值的所謂成功，他們會見我嗎？我只有一個願望，這願望你們兩人也明白，我因此也很歡喜見你們。我只希望見我的人忘掉我著過一本書。把我當作一個尋常人同我說話。”

“你只是說你那本書，那本書”，我指出來說，“你現在不是又正在寫一本書嗎？你是否還同第一本那樣寫得快，照你從前告訴我們的，六星期間就完全寫好呢？”

“不，比從前費時多了。我要研究從軍隊裏出來的人，怎樣變為反戰爭的份子。這次應當詳細的分析後才描繪，我這本新小說的事蹟雖然發生在德國，然而我以為戰爭的各國都是如此的。”

“叫什麼名字呢？”我問道。

“法文可以叫作“Apres”。德文的題目我還沒有決定呢。”

“這又為什麼呢？”

“我心中當然已定下一個題目，叫做‘Der Weg Zurüok’（直譯‘退路’），但是我發現別人已經用過這題目做書名，而那本書的內容我一點也不知道。”

“一個月中就要出版，而且同時就在全世界各大都會分期刊印，當然不能說沒有人看見你這本書了。這許多大都會的大報紙都要求着刊載權了。”

“這本新書很難作。腹稿比《西線無戰事》長三倍，但是我把牠縮短了三分之二，結果也只比那本書長一點兒了。我之所以刪去一些，純粹只為免去大同小異的情節重復，不使讀者感到厭倦。在原則上，我所要描寫的事故，非戰的事故，多是相同的。所以問題只在選擇最動人的情節。但是，說夠了。我從來還沒有這樣長時間談到我的書。如果我歡喜談，那末我未免又太狂妄了。”

“我完成我的工作以後，我就可以問自己所作的到底得當不得當了。有一時候，我只知一件事，我覺得有許多事情我該學習，我也正努力學習着。我要讀書，多讀一些書。音樂使我熱情高漲，我是最愛菲得芬[1]的。這兒便是硬壳中的一切了。成功，什麼也不值的成功，把我的生活弄得顛倒了頭。我現在必得把我的生活弄得有秩序才好。我想我應該漸漸得到成功，一切都能依照我的計劃。但是看吧！”

這時候我問他，“你決意長住在巴黎嗎？”

“哎，不會上一禮拜的。我在法國，巴黎是我最不熟悉的地方。去年我到你們貴國旅行，結果一天比一天高興。Normandy、Brittany、Limoges 等地，作了一次三千七百五十英里的汽車旅行。在法國，最感動我的，要算是我同普通人定的合同，同最簡單最卑微的百姓定的合同。

“全法國都有一種驚人的古代文化，一種古代文化的香氣。如果你向一個老農問路，他的答復眞是溫文極了。我碰見一個小理髮師，他回答我許多話，使我得到一種深刻的印象，覺得他的腦筋極靈敏。這或者是語言上的關係，或者是古拉丁文化的遺風。在巴黎，我歡喜午後在青霧迷漫的街上閑散，疲倦時就在咖啡店的露台上坐坐，看看

[1] “菲得芬”現譯為“貝多芬”。——編者註

玩玩。”

“在這方面”，赫爾士說，“你很像斯特勒西曼（Stresemann），他也是歡喜坐在巴黎咖啡店的露台上，看行動着的人們。”

“是的，因為那人羣是生活，我是最贊美生活的人。即是某一本書使我發生興趣，也只要牠能使我們暫離世俗的境界，對於問題中的大問題，神蹟中之神蹟，我們生活着這樁事，多多深思一下，就够了。”

七，十二晚十一時譯起

本文轉譯自*The Living Age*去年十二月號，當時《退路》還沒有出版，於今《退路》到已經有了中譯，似乎是一篇落伍的文章。但在介紹雷馬克熱狂的中國出版界，選給我們眞眞看見雷馬克的文章，在我自己覺得還很少見。讀過這文章，雖然或者不如看洋洋數萬言的雷馬克介紹那樣知道許多詳細事蹟，在我覺得到能看見雷馬克本人。知道雷馬克為什麼寫《西線無戰事》。

譯者覺得像雷馬克這樣一個作家，雖然“成功”，也似乎不值得這樣稱譽。自己在他的書裏發現不到什麼思想，發現不到什麼成為一篇完全的小說的技巧，因全球這樣稱譽，到會感覺一種厭惡，對雷馬克本人，也會發生一種惡感。不知別人覺得怎樣呢？

（譯者）

美國

《大地的女兒》訪問記

林疑今

（談到德樂賽等九人被捕）

史密特萊女士是美國現在最著名的前進的女作家，她底早年充滿着不幸與悲慘；十四歲的時候就在（Colorado）煤礦區域教書，在大戰中，她當《紐約呼聲》的記者，後因參加印度獨立運動被捕六月，現在她住在中國，是德國 *Franfuries* 報的通信員，同時又是《美國新羣衆》雜誌的特約撰稿員，對於吾國的文化運動，常常有可貴的報告，前年（一九三〇）年她出版了一部長篇自傳式的小說《大地的女兒》（*Daughter of the Earth*），已由楊杏佛譯成中文，在商務出版，（記者）[1]震動了全美的文壇，公認為新大陸最可貴的作品。

史密特萊女士將我接待到客廳裏去，客廳裏還有一個年輕的女客，奧絲琳女士，一個德國女革命家，操着十分流利的英語。她對於美國文學很熟識，她說高爾特是 sentientad 的。

"——眞的嗎，米該爾，高爾特？" 史女士有點驚慌地問。

---

❶（記者）此處意義不明。——編者註

"——是的，譬方在《無錢猶太人》，他時時露出情感來，其原因是為着高爾特是猶太人，併且，在《無錢猶太人》中，他又沒展開猶太人怎樣戰鬥的部份！"

"啊，奧絲琳，你總是歡喜戰鬥打仗的！"

史女士喊了起來，臉上露出溫和的微笑。

在談話中，史女士忽然告訴我們說，特萊塞（T. D1eieэ），帕索斯（B. D. Possos）等九人因為到 Kentaoky 煤嫼區域去調查這次四萬五千人的大罷工，突然被美國政府所捕，從白色恐怖我們又談到許多俄國文藝作品，以及中國對於俄國作品的翻譯，而從《毀滅》的譯文，我們談起了魯迅先生的近況。

"——他在寫一個長篇小說"，史女士這樣告訴我，"打算將北洋軍閥下北京的整個社會暴露出來。這是困難的工作，但是偉大的。"

後來我又向她問起對於最近在總商公會演的戲劇的意見怎樣，她說印象很好，接着又謙遜起來，她說聽不懂中國話，雖則有人翻譯給她聽，但是總還有一點隔膜。不過，她覺得劇中的對話太多，動作太少，因此戲劇的效力也減少。還有一點，某劇中甚至有工人痛哭的事，她以為這是作者觀察的錯誤，因為工人從來不可憐他們本身啊。

日本

秋田雨雀訪問記

森堡

說起秋田雨雀這名字，大家都不會感到怎樣生疏吧？在日本，他也是最為大衆所熟知的一個左翼文化運動底老前輩。他底年齡已近五十歲，而思想却始終不後于許多最進步的少壯者，常常和那些進步的少壯的文化運動者一起，站在最前線上活躍。

得到某君底介紹，使我們有機會去訪問了他一次。一見了他，就使我們感到非常高興。他戴着一頂中國式的無頂的瓜皮帽，袴子是日本工人所慣穿的廉價絨制袴。頭髮雖已有一些花白，相貌却非常天眞，態度舉止都十分純樸，講話也十分鬆爽，不帶一點一般的日本人所有的紳士氣，眞像是一個小孩子。

房間底佈置也不是日本式，裏面有高的桌子和椅子。那小小的房間幾乎都被書籍和雜誌堆滿了，到處都雜亂地堆着。

我們同去的有三個人，房間裏缺一隻椅子，他叫他女兒再拿一隻上來，並不用日本話說，却用世界語。後來叫她拿點心，也用世界語說，于是我們知道了在他底家庭裏，世界語是習用的。我們和他談話，也就最先講到世界語。

他是日本的一個有名的世界語運動者，談到了這一個問題，他也分外地興奮。他告訴我們，日本的世界語者有兩種組織，一種就是各國都有的國際性的組織——“日本世界語同盟”。這團體的分子大概都是學者、學生以及商人，全體有二百餘人。另一種是“普羅世界語同盟”，全體聯盟員，約有六百人，成分大概都是工人、農民及進步的智識階級。至于普羅世界語出版物底讀者則達數萬人，加入普羅世界語講習會的也有二三千人，其中進步的工人頗佔多數。“普羅世界語同盟”裏的人員加入“日本世界語同盟”，的很多。這可說是在幹着一種 Fraction 運動的，因為在技術上，他們那邊有許多優越處，普羅方面的分子打入進去，可以習得一些技術；同時還可以從他們那里奪取一進步的人員過來。日本有一種世界語勞慟通信，也是“普羅世界語同盟”在參加工作的。日本的國際勞働通信，用世界語寫的佔百分之七十。概括地說來，日本的世界語運動中，以普羅的佔優勢，布爾的一方面幾乎只在科學上用到世界語；而普羅方面則以世界語為工具，作種種的活動，國際勞働通信就是一個最普通的例。

他并說到他到蘇聯去也是用世界語的。于是話鋒又轉到他遊歷蘇聯的事上了。他說，他雖然學過一年半的俄文，但完全不能用，在蘇聯各處都只能用世界語講話。幸虧蘇聯懂世界語的人很多，所以纔不至于完全做聾子和啞子。他講到他在莫斯科滯留了五個月，在那里度過了偉大的“十月革命紀念節”，曾經親眼看到了蘇聯工人農民之熱狂的慶祝。離開莫斯科後，還到高加索、烏克蘭等地方去旅行過。在這約一年間，親身體驗了新世界中的工人農民底生活之實際和革命後的文化運動之眞象。回來之後，就寫了一册《年輕的蘇俄》，詳細記述自己所經驗到的。

他還講到在蘇俄時曾會到東方人所熟悉的盲詩人愛羅先珂。愛羅先珂日本話講得很好，他們曾握着手在克林威尼宮跑了一轉。愛羅先珂所給他的印象很好，不過他（愛羅先珂）是一個受了理想主義底教育的人，不能够免去自由主義的傾向，對於蘇聯難免有許多不能理解之處。他又説在莫斯科“中山大學”裏也曾碰到二十幾個中國的留學生，互相談過話，只是言語上不大講得通；他們知道日本的井山潛。我們告訴他，那般中國青年，現在除了絕少數已經“昇官發財”之外，其餘的大多數，恐怕都已經流離失所、捕殺殆盡了！他很驚伢地説了一聲“這樣的嗎？”……

關於上面的話還接着零零碎碎地談了一些，於是問到他最近的中心工作了。他告訴我們最主要的是“普羅科學研究所”和“蘇聯工友會”兩方面。“普羅科學研究所”方面，他是所長，而且參加“研究會”活動；這些，我們是大概知道的。“蘇聯工友會”，是一個新創的團體，他底內容我們還不很知道，所以希望他多告訴我們一些。他説：“‘蘇聯工友會’並不是一個鬥爭團體，參加者並不嚴格限制，所以分子不很純粹，一般地可説是一個同情於蘇聯建設的中間性團體。主要的任務，第一是引起一般進步的學者研究，探討蘇聯的興趣，而且使他們把自己所知道的廣訊地傳播開去；第二就是對日本的工人、農民及一切勤勞大衆介紹蘇聯人民底生活狀況及政治、經濟、文化等方面的建設底實際，以使不致受了帝國主義、資本家底欺瞞。具體工作除了內部的研究之外，就是出版工作，用出版方法盡量地把影響擴大開去。已出的《蘇聯之友》月刊就是這會的機關雜誌；單行本也已出有《五年計劃之話》，其他的尚在進行中。而且努力進行國際的聯絡，與別國的同性質的團體作有機的連結，以把這類運動國際化。”

其次，我們再問他關於滿洲事件有什麼意見沒有。他説：“我們當然與日本全體被壓迫的工農站在同一的立場上，反對日本帝國主義底殖民地侵略行為。而且不斷在各種談話會、研究會中提出或解釋。我覺得中國和日本的左翼文化運動——尤其是左翼世界語運動底相互聯絡是很重要的：這樣不單可以互相了解，而且可以取共同的行動。”

最後問到他底著作。他從書架上抽出了一些，主要的是戲曲集《埋沒了的春》(一九一二年)，《三個靈魂》(一九一八年)，《佛陀與幼兒之死》(一九二一年)，《骸骨與舞蹈》(一九二五年)及童語集《太陽與花園》(一九二一年)等幾種。他再三根謙遜地說：“實在沒有一點比較滿意的東西！”他而且說以後還要寫一些啟蒙的童話；還有一個計劃就是想把“日本思想史”用藝術的筆法寫出來。

他說話的態度始終是那樣地天眞而純樸，沒有一點老年人的氣分，這使我們感到非常愉快的。

村山知義訪問記

華蒂

在中秋後一晚的澄清而憂鬱的月影裏，我們曾去訪他一次；但他不在家。現在這個日本帝國主義的軍隊正把滿州掠奪到自己的暴力下面來，此間的中國留日同胞們正是天天聞“號外”的鈴聲而感到戰慄、惶懼、憂憤、興奮，且時時畏怕日本人的加害、襲擊。坐在房子裏，不敢出來，都是在為着沒有歸國盤川而頭痛的當兒，我們竟以“中國人”的資格，去拜訪“日本人”，夜間跑到市外的日本人的家裏去，有些人，我想，總不免奇怪我們或更進一步，而替我們担憂吧，然而，諸君，假如你們明白我們並不是一個把日本人全部當作自己仇敵的“愛國志士”、“民族英雄”，而被訪的日本人又是一個和我們一樣反對日本帝國主義的獸行，同情中國被壓迫大衆的新興作家時，那末，你們也當不會再是那樣的“神經過敏”了吧。

我們跑到他的家裏去時，已經差不多快到九點鐘了。一會兒，下女就在“玄關”裏跪着，迎接我們。

我們把來意告訴了她。

“——但是，旦那樣（老爺）不在家，奧樣（太太）是在家的。”

下女進去了，不久，與樣就跑出來。

“是的，他出去了。因為今晚在什麼地方正開映活動寫眞（電影）。——那末，請你們明天再來吧，上午九時以前，他是在家的。”

雖然她始終總是怕羞的樣子，只在黯淡的燈光下露出了半面，但給與我們的印象是——白晳，豐滿，温和，一句話：頗美。

＊　＊　＊

村山知義——這名字，對於中國人，尤其是日本留學生，當不會怎樣的生疏吧？他是一個具有多方面的才能的日本的優秀的新興文藝家。除開他專門的戲劇、電影及關於舞台的技術之外，對於美術、建築等部門，他都有深刻的研究；其他，如小說、詩歌、評論（尤其是關於演劇、映畫的）諸方面，他也有相當的成就。

他卒業於第一高等學校文科，曾留學德國一年。現年，大概是三十左右。他在演劇界的活動是開始得相當早的。以《暴力團記》（又名《全線》）一劇，震撼日本文壇，被稱為一九二九年（？）的日本文壇最優越的劇作。會幾次公演，博到被壓迫大衆的狂熱的喝采。他的幾篇重要的劇作，都是取材於中國的，如以鴉片戰爭為題材的《最初的歐羅巴之旗》（湖風書店將有譯本版）。以京漢鐵路工人的二七大罷工為題材的《暴力團記》，再如《勝利的記錄》，也是描寫一九三〇年的上海“五一”的。但因為環境的關係，到此刻為止，都是沒有人把他翻譯成中文。

＊　＊　＊

今早九時許，我們又跑到村山家裏去了。到樓上去。樓梯口，安置着一個小書架。上面擺着的都是《新興戲劇全集》之類的書。那完全是性格底演劇家底書架。和村山見面，跑到他的書房裏，這在我們已經是第二遭了。第一次是在本年的六月裏。

主人村山君，也還是和以前差不多，剃光頭，莊重而和藹的表情；假如你在路上碰見他而又和他不認識時，那末，你一定不會想到他是個藝術家，更不會想像到他就是村山。這恐怕也是新興藝術家的一個特徵吧？眞的，長頭髮，無處不想表示超羣、拔萃的“藝術家”的時代是已經過去了。

我們最先就問他的著作生活：

“我的著作生活，是六年前開始的，以前幹的是美術。除了寫劇本，做關於舞台方面的技術工作——如導演，裝置舞台之類——以外，還寫評論、小說、詩歌……”

“你的收集材料的方面怎樣？”

“大部分是由 Dramatio League 供給的。”

跟着，他還對我們說明 Dramatio League 就是勞働者關於演劇方面的團體。他們在觀劇之後，就開一個批判會。他也出席參加，聽聽勞働者的意見，並調查詢問他們任工場內部外部的生活。

我們又問他，除寫作外，還担任了些什麼工作。回答是——“日本劇場同盟的中央委員，戲劇研究會的幹事長，納普編輯委員及協議會議員，文化聯盟成立之後，大概還要在其中的書記局幹事體。”

“演劇運動者方面的生活呢？”

“從一九二六年起，就開始團體底地，個人底地幹劇劇運動的工作。當時和兩個劇團發生關係，一為前衛座，一為心座；前衛座卽是現在的左翼劇場，心座卽是此刻的前進座。”

“到現在為止，被你自己認為代表作的是那幾種？”

“共有三種，‘暴力團記’，‘勝利的記錄’，‘東洋車輛工場。’”

“在三部代表作當中，前二部都是取材於中國的，關於材料的搜集是怎樣辦的？你在中國住過麼？”

“不，沒有住過；但赴歐及回國時，都曾由上海經過，不過只停二三天，什麼也不知道。所以，那些題材都是藤枝丈夫君告訴我的。其次，則以報章雜誌的關於中國勞働運動的記載做參考。”

我們又問他為什麼愛取材於中國。

“第一因為中國工農鬥爭的內容事件都很複雜，而且都是英雄底；第二中日兩國的共同之點很多，以中國的事件為題材，可使日本勞働大衆同時發生切身底和國際底兩種情感。”

“你對於中國革命——尤其是被壓迫大衆的，意見怎樣？”

他答道：“非合法的運動比日本要進步得多，日本也正在極力學習。”

“你對於中國戲劇運動的意見怎樣？”

“日本的戲劇運動，都不免陷於形式主義、機械主義；中國同志能够根據客觀情形，採取現實主義，這是很可佩服的。還有，在日本，幹戲劇運動的，大部分是智識分子，希望中國同志應該注意到工農方面。”

“你對於中國新文藝運動有什麼意見嗎？”

“我不懂中文，所以簡直沒有讀過中國的文學作品，除了古代的以外。但我相信中國能有雄大的作品產生出來。日本因為是個小國，一切都小氣，恐不能有那樣的東西。”

“對於中日兩國文化運動的聯繫問題，你抱着什麼意見？”

“在太平洋方面的國家（包括印度，安南等）的新興文化運動，都應該組織地聯繫起來。中日兩國的作家因為地理上和其他各種關係，尤其應該組織地聯合起來。”

最後我們還問起他入獄的感想，和今後寫作的計劃。

他的回答是這樣的：“統治階級為着要切斷我們工作上的聯繫，所以想出種種方法把我們投獄，但實際是不會生效果的。而且一個眞正的革命者就是在獄中也可以做工作的。最近想寫一個以工農文化鬥爭為題材的長篇戲劇。”

關於他的入獄，據我們所曉得的，已經有過兩次。後一次好像只是被拘禁在警署裏，沒有正式入獄。

一九三一，九，二八于東京

編後記

歷代文壇，從不乏可樂之事、可樂之人，故歷代記文人軼事者甚夥。歷代史書札記、文人筆記之類的資料浩如煙海，文字或長或短，其間既可見筆下人物風貌之神韻，又可見文人描寫法之出神入化。《文壇印象記》一書為民國時代的出版物，記民國文人的一些軼事，書中人物距今百年之內，故而詳細過於古人之寥寥數語的勾勒，且更不同於古人將筆下對象作刻畫之法，均以見面、訪問而得其人之大致輪廓，讀者需從輪廓裡體會其人性情、神貌。加之作者往往寫人之時常抒自我胸臆，大段評述，所以，此書名“印象記”，倒是十分妥帖。

書中所涉，非一國之文人，既有中國，又有俄國、英國、德國、美國、日本，共計六國的文人；中國部分，所選者大體為十九世紀末至二十世紀初文壇上聲名顯赫者，如魯迅、郭沫若、周作人、張資平、郁達夫、王獨清、葉紹鈞，他國則擇其一二代表者，如俄國僅有高爾基、托爾斯泰、柴訶夫，英國僅有蕭百訥，德國僅有雷馬克，美國僅有史密特萊，日本僅有秋田雨雀與村山知義，共計不過十五人。因為《吶喊》一書，魯迅的印象深入人心，或以為他是一個像小孩般的老頭兒，實則他是一個老頭樣的老頭；或以為他是一個嚴肅的人，實則他是一個十分幽默有趣的人；他有失望、寂寞與煩惱，甚至被人認為有些近於病態，但他卻是個十分誠實的藝術家。書中還寫到郭沫若留日之間的生計窘迫，妻兒負擔過重；周作人的家居情況與痛失女兒若子之凄涼；張資平積極的創作熱情；郁達夫的鬧窮與忠實卻又不乏浪漫；王獨清的聲音響亮而話多；葉紹鈞關於兒童作品的評價；高爾基的在文壇中的崇高地位；托爾斯泰內心深處的秘密；柴訶夫對工作的熱情，對優美事物的熱愛；蕭百訥的俏皮；雷馬克對香菸與寫作的探究；諸如此類，大多為片斷，卻能管中窺豹，得其大體情況。較之當前流行的人物傳記，真實而生動，人物印象中的可觸感更強。

本書的編者為黃人影，但這是個筆名，其真實名字頗有爭議，一說是阿英（錢杏邨），一說是顧鳳城，兩者需要作一些甄別。上海書店曾在20世紀80年代影印了黃人影的四部著作:《郭沫若論》《創造社論》《茅盾論》與《當代中國女作家論》，封底文字寫著“黃人影（阿英）”，認為黃人影為錢杏邨。但魯迅《且介亭雜文二集》的“後記”部分曾引用1934年2月《大美晚報》中刊登的國民黨禁書名目，中有“新文藝辭典顧鳳城”“郭沫若論顧鳳城”“新興文學概論顧鳳城”“沒落的靈魂顧鳳城”“文藝創作辭典顧鳳城”。後來經書店與當局溝通，3月20日，國民黨方面將有些書暫緩執行，其中就有顧鳳城的《新文藝辭典》《郭沫若論》《沒落的靈魂》。可以肯定，《郭沫若論》的作者是顧鳳城。《郭沫若論》書上署名“黃人影”，顧鳳城為黃人影的真實姓名。再有《創造社論》一書，首篇為顧鳳城的“創造社與中國文學運動”，讀來像是一篇序言，所選文章的作者與《文壇印象記》中所選的中國文人名單大體相同，兩書的“黃人影”應是同一人，與阿英相比，《文壇印象記》的作者為顧鳳城的可能性更大。

顧鳳城的生卒年目前並不詳細，只知他出生於江蘇無錫，曾任上海光華書局編輯。1930年3月2日，“左翼”作家聯盟成立時，他是其中成員。1931年，與冰心（謝婉瑩）結婚，但不久兩人因為感情危機而斷絕關係；此時他為《星期學燈》主要撰稿人之一。1932 年，他與杜宣、蔣宛如等人留學日本，未知何時回國，但由此他對日本文化產生了感情；此年他擔任《讀書月刊》的主編，出版了《中外文學家辭典》，因把自己名列其中而遭到魯迅的諷刺。1937 年年初，他與潘公展、朱應鵬等人贊助《寒友》季刊創刊。1938 年，在光明書局出版《中國抗戰形勢圖解》。1940 年，汪偽政權成立後，他與張資平一起投靠了汪精衛，曾出席 1944 年 11 月 12 日在南京召開的“第三屆東亞文學者大會”。

顧鳳城去世的時間具體不詳。據考證，1980 年前後，中國社會科學院為紀念“左聯”五十周年，特約一些“左聯”的作家撰寫回憶性文字。《新文學史料》刊發了向思賡寫的一封信，其中寫著：“我參加左聯是在 1931 年‘九一八’以後(大約是 11、12 月間)，介紹人是謝冰瑩和她當時的愛人顧鳳城。我記得他當時在光華書局。還有一個名叫李白英的也是屬於我們那一組的。謝現在國外，顧鳳城已於前幾年在北京去世……”顧鳳城去世大約在 20 世紀 70 年代。他的生平雖則只留下匆匆掠影，但其文字與著作則存之至今，他曾夢想一個“沒有階級，沒有種族，自由平等的一個大同社會”，體現了在動亂之時的文人美好的社會願望。

本次整理所用的底本為 1932 年上海樂華圖書公司印行的《文壇印象記》，以真實保留原書內容為宗旨，對原書的文字基本不作改變，但對原文存在明顯錯訛者，以“編者註”的方式進行說明，原文仍作保留。此外，需要向讀者說明的有如下問題：第一，原書本有標點，但部分不符合今人的語言規範，此次整理，採用了現代標點規範予以標點。第二，民國時代的文字語言正處於古今變化之中，有相當多的繁簡混用及不太規範的現象，如只與衹、哪與那同時使用，鑒於民國圖書中語言學上的參考意義，本次整理並未改動，所以，書稿中存在部分簡體文字，還請讀者留意。限於整理者的水平，書稿不免有遺漏與不妥之處，請讀者予以批評指正。本書未進入公有領域，涉及稿酬問題，請相關著作權人與責任編輯聯係。

羅　慧

2014 年 5 月

《民國文存》第一輯書目

紅樓夢附集十二種	徐復初
萬國博覽會遊記	屠坤華
國學必讀（上）	錢基博
國學必讀（下）	錢基博
中國寓言與神話	胡懷琛
文選學	駱鴻凱
中國書史	查猛濟、陳彬龢
林紓筆記及選評兩種	林紓
程伊川年譜	姚名達
左宗棠家書	許嘯天句讀、胡翼雲校閱
積微居文錄	楊樹達
中國文字與書法	陳彬龢
中國六大文豪	謝無量
中國學術大綱	蔡尚思
中國僧伽之詩生活	張長弓
中國近三百年哲學史	蔣維喬
段硯齋雜文	沈兼士
清代學者整理舊學之總成績	梁啟超
墨子綜釋	支偉成
讀淮南子	盧錫烴

國外考察記兩種	傅芸子、程硯秋
古文筆法百篇	胡懷琛
中國文學史	劉大白
紅樓夢研究兩種	李辰冬、壽鵬飛
閒話上海	馬健行
老學蛻語	范禕
中國文學史	林傳甲
墨子間詁箋	張純一
中國國文法	吳瀛
《四書》《周易》解題及其讀法	錢基博
老莊研究兩種	陳柱、顧實
清初五大師集（卷一）・黃梨洲集	許嘯天整理
清初五大師集（卷二）・顧亭林集	許嘯天整理
清初五大師集（卷三）・王船山集	許嘯天整理
清初五大師集（卷四）・朱舜水集	許嘯天整理
清初五大師集（卷五）・顏習齋集	許嘯天整理
文學論	[日]夏目漱石著、張我軍譯
經學史論	[日]本田成之著、江俠庵譯
經史子集要略	羅止園
古代詩詞研究三種	胡樸安、賀楊靈、徐珂
古代文學研究三種	張西堂、羅常培、呂思勉
巴拿馬太平洋萬國博覽會要覽	李宣龔
國史通略	張震南
先秦經濟思想史二種	甘乃光、熊簪
三國晉初史略	王鍾麒
清史講義（上）	汪榮寶、許國英
清史講義（下）	汪榮寶、許國英

清史要略	陳懷
中國近百年史要	陳懷
中國近百年史	孟世傑
中國近世史	魏野疇
中國歷代黨爭史	王桐齡
古書源流（上）	李繼煌
古書源流（下）	李繼煌
史學叢書	呂思勉
中華幣制史（上）	張家驤
中華幣制史（下）	張家驤
中國貨幣史研究二種	徐滄水、章宗元
歷代屯田考（上）	張君約
歷代屯田考（下）	張君約
東方研究史	莫東寅
西洋教育思想史（上）	蔣徑三
西洋教育思想史（下）	蔣徑三
人生哲學	杜亞泉
佛學綱要	蔣維喬
國學問答	黃筱蘭、張景博
社會學綱要	馮品蘭
韓非子研究	王世琯
中國哲學史綱要	舒新城
中國古代政治哲學批判	李麥麥
教育心理學	朱兆萃
陸王哲學探微	胡哲敷
認識論入門	羅鴻詔
儒哲學案合編	曹恭翊

荀子哲學綱要	劉子靜
中國戲劇概評	培良
中國哲學史（上）	趙蘭坪
中國哲學史（中）	趙蘭坪
中國哲學史（下）	趙蘭坪
嘉靖禦倭江浙主客軍考	黎光明
《佛遊天竺記》考釋	岑仲勉
法蘭西大革命史	常乃悳
德國史兩種	道森、常乃悳
中國最近三十年史	陳功甫
近百年外交失敗史（1840~1928）	徐國楨
最近中國三十年外交史	劉彥
日俄戰爭史	呂思勉、郭斌佳、陳功甫
老子概論	許嘯天
被侵害之中國	劉彥
日本侵華史兩種	曹伯韓、汪馥泉
馮承鈞譯著兩種	伯希和、色伽蘭
金石目錄兩種	李根源、張江裁、許道令
晚清中俄外交兩例	常乃悳、威德、陳勛仲
美國獨立建國	商務印書館編譯所、宋桂煌
不平等條約的研究	張廷灝、高爾松
中外文化小史	常乃悳、梁冰弦
中外工業史兩種	陳家錕、林子英、劉秉麟
中國鐵道史（上）	謝彬
中國鐵道史（下）	謝彬
中國之儲蓄銀行史（上）	王志莘
中國之儲蓄銀行史（下）	王志莘

荀子哲學綱要	劉子靜
中國戲劇概評	培良
中國哲學史（上）	趙蘭坪
中國哲學史（中）	趙蘭坪
中國哲學史（下）	趙蘭坪
嘉靖禦倭江浙主客軍考	黎光明
《佛遊天竺記》考釋	岑仲勉
法蘭西大革命史	常乃悳
德國史兩種	道森、常乃悳
中國最近三十年史	陳功甫
近百年外交失敗史（1840~1928）	徐國楨
最近中國三十年外交史	劉彥
日俄戰爭史	呂思勉、郭斌佳、陳功甫
老子概論	許嘯天
被侵害之中國	劉彥
日本侵華史兩種	曹伯韓、汪馥泉
馮承鈞譯著兩種	伯希和、色伽蘭
金石目錄兩種	李根源、張江裁、許道令
晚清中俄外交兩例	常乃悳、威德、陳勛仲
美國獨立建國	商務印書館編譯所、宋桂煌
不平等條約的研究	張廷灝、高爾松
中外文化小史	常乃悳、梁冰弦
中外工業史兩種	陳家錕、林子英、劉秉麟
中國鐵道史（上）	謝彬
中國鐵道史（下）	謝彬
中國之儲蓄銀行史（上）	王志莘
中國之儲蓄銀行史（下）	王志莘

史學史三種	羅元鯤、呂思勉、何炳松
近世歐洲史（上）	何炳松
近世歐洲史（下）	何炳松
西洋教育史大綱（上）	姜琦
西洋教育史大綱（下）	姜琦
歐洲文藝雜談	張資平、華林
楊墨哲學	蔣維喬
新哲學的地理觀	錢今昔
德育原理	吳俊升
兒童心理學綱要（外一種）	艾華、高卓
哲學研究兩種	曾昭鐸、張銘鼎
洪深戲劇研究及創作兩種	洪深
社會學問題研究	鄭若谷、常乃悳
白石道人詞箋平（外一種）	陳柱、王光祈
成功之路：現代名人自述	徐悲鴻等
蘇青與張愛玲：文壇逸站	白鷗
文壇印象記	黃人影
宋元戲劇研究兩種	趙景深
上海的日報與定期刊物	胡道靜
上海新聞事業之史話	胡道靜
人物品藻錄	鄭逸梅
賽金花故事三種	杜君謀、熊佛西、夏衍
湯若望傳（第一冊）	[德]魏特著、楊丙辰譯
湯若望傳（第二冊）	[德]魏特著、楊丙辰譯
摩尼教與景教流行中國考	馮承鈞
楚詞研究兩種	謝無量、陸侃如
古書今讀法（外一種）	胡懷琛、胡朴安、胡道靜

黃仲則詩與評傳	朱建新、章衣萍
中國文學批評論文集	葉楚傖
名人演講集	許嘯天
印度童話集	徐蔚南
日本文學	謝六逸
齊如山劇學研究兩種	齊如山
俾斯麥（上）	[德]盧特維喜著、伍光建譯
俾斯麥（中）	[德]盧特維喜著、伍光建譯
俾斯麥（下）	[德]盧特維喜著、伍光建譯
中國現代藝術史	李樸園
藝術論集	李樸園
西北旅行日記	郭步陶
新聞學撮要	戈公振
隋唐時代西域人華化考	何健民
中國近代戲曲史	鄭震
詩經學與詞學 ABC	金公亮、胡雲翼
文字學與文體論 ABC	胡朴安、顧藎丞
目錄學	姚名達
唐宋散文選	葉楚傖
三國晉南北朝文選	葉楚傖
論德國民族性	[德]黎耳著，楊丙辰譯
梁任公語粹	許嘯天選輯
中國先哲人性論	江恆源
青年修養	曹伯韓
青年學習兩種	曹伯韓
青年教育兩種	陸費逵、舒新城
過度時代之思想與教育	蔣夢麟

我和教育	舒新城
社會與教育	陶孟和
國民立身訓	謝無量
讀書與寫作	李公樸
白話書信	高語罕
文章及其作法	高語罕
作文講話	章衣萍
實用修辭學	郭步陶
版本通義・古籍舉要	錢基博
中國戲劇概評	向培良
現代文學十二講	[日]昇曙夢著、汪馥泉譯